知的生きかた文庫

50代から上手に生きる人 ムダに生きる人

清水義範

三笠書房

はじめに

これからの人生を「賢く、おもしろく」生きる秘訣

五十代に何を考えて、どう過ごすかが、その人の人生を満足なものにするかどうかの大きなポイントである。つまり五十代になったらそろそろ、老後をどう生きるのかについて方針を持たなきゃいけない。

五十代で老後のことを考えるのは早すぎるだろう、と言う人がいるかもしれない。五十代はまだ現役バリバリで、今のことを考えるのに手いっぱいで、老後のことはまだ考えられないと。

だが、そう思っていると手遅れになるのだ。定年を迎えた六十歳とか、年金をもらえるようになった六十五歳で、さて私の老後をどう生きようと考えても、それまで何も考えてないとうろたえるばかりだ。

自分はもう現役じゃないんだなあ、とか、誰も私を頼りにはしてないのか、なん

て思えてしまって、気がふさぐ。そこで老人性ウツのようになってしまう人が少なくないのだ。

自分は何を楽しみとし、何を誇りとして生きるのだ、ということが、五十代から考えてあれば、たじろぐことなく、自信を持って老人になっていける。老いても上手に生きていけるのだ。

そこで、五十代で人生へのヒントを与えてもらうのに、まことにふさわしいのが古典の徒然草である。兼好法師がひまにまかせて心に浮かぶあれこれをとりとめもなく書いたという、日本の随筆文学の名作は、五十代からの人生への示唆に富んでいるのだから。

しかしながら、本書は古典文学の徒然草の読解本ではない。徒然草を翻訳して読んで、その内容を味わうという、文学の書ではないのだ。

兼好は、老後の生き方とか、老後の知恵について、少し皮肉な視点から、さまざまなことを書き並べている。長生きはしたいか、とか、財はあったほうがいいか、とか、子どもはいたほうがいいのか、などまで、アトランダムに話題が出てくる。

この本で私がしていることは、そういう兼好のつぶやきのようなものを発想のとっかかり、老後へのヒントだと受け止め、徒然草の中から、五十代の人生に即応用できる部分のみ抜粋。現代語訳をそえながら、私なりの考えを展開してみるということだ。徒然草を考えるきっかけにして、私の老後論を語ってみたのである。

だから時には、兼好の意見を否定して、ここは違う考え方をしよう、などと反論していることもある。徒然草の解説書ではない、というのはその点においてである。

しかし、徒然草とは奥の深い本で、私が反論したのはほんの少しだ。大部分は、兼好の考えはそのまま現代の五十代の人間にとって参考になる卓見であった。

五十代とは、第二の人生に向けた準備期間である。第二の人生を「上手に生きる」か「ムダに（歳を重ねて）生きる」かは、五十代で「何を考え、何をするか」で決まると言っても過言ではない。

徒然草には、その秘訣がズバリ書かれている……。

清水義範

『50代から上手に生きる人　ムダに生きる人』◇もくじ

1章　五十代からの「生き方」が格段にうまくなる章

2章 「心の掃除」「心の贅沢」が上手になる章

3章　五十代ならではの「頭の使い方」ができる章

4章　世の中、時代の変化とソツなく折りあえる章

5章　人間関係の「困った！」がなくなる章

1章

五十代からの「生き方」が格段にうまくなる章

今日から、人生がもっと味わい深くなる

◆人生「後悔する・しない」は、五十代で決まる！

本書は、徒然草の段の並び方とは別の順序で話を進めていくが、ここに取り上げたのが、徒然草の第一段である。

そして兼好はまず最初に、理想の男とは何か、を考察する。

なぜまずそこから考えたのかを想像してみよう。徒然草は兼好が三十代後半に書いた部分と、四十代後半に書いた部分があって、それが合わさって上下二巻の書物になっている。そしてこの第一段は三十代後半に書いたものであるらしい。

理想の男とはどんな人間か、というのを考えておるのだが、何はともあれ、人は見た目の姿形が美しいのが、やっぱりいい。

それから、しゃべっている時だが、言葉が上品できさやすくて、もの言いの中に愛敬があって、それでいてペラペラとしゃべりすぎないっていう男だと、話してて気持ちがいい。ところが、立派な人かなと思っていた相手の心の中につまらない本性が見えてしまうことがあって、あれはガックリだな。（中略）

いろいろ考えられるが、結局のところは人柄ってことになる。字をさらさらと書いて品があって、いい声でタイミングよく拍子をとり、酒をすすめられると遠慮してことわるんだが、まったく飲めないわけじゃなくて適度につきあう、なんて男こそ、理想の男だよなあ。

〔第一段より〕

若い時に書いたものなんだな、と思う人がいるかもしれない。三十代後半なんてまだ若造で、大人の知恵が成熟する前ではないかと。

しかし、それは現代人の感じ方であって、兼好の時代にはそうではなかった。三十代後半は、そろそろ晩年にさしかかる頃、ぐらいの感覚だったのだ。

しかも、兼好は三十歳ぐらいで、在家のままだが出家している。寺に入ったわけではないが、それ以後は一応僧なのだ。兼好のような在家の出家者を世捨人《よすてびと》と言うのだが、とにかく、兼好は仏教者になっている。それは、俗世から離れたということであり、もう現世に対して欲を持たないということだ。

その意味では、一度人生を終えたのであり、老後の目を手に入れたのだ。

さて、この先、老後をどう生きようか、と考える立場に三十代の兼好は立っていた。そこで、理想の人生とは何か、とまず考え始めるのだ。だからこれは、理想の老後の人生は何か、を考えるってことなのである。

そういうことを三十代の兼好は考え始めるのだが、これを現代の我々にあてはめると、人間も五十歳ぐらいになったら、そろそろ、我が老後はどうあるべきか、老後をどう生きようか、というのを考え始めなければいけない。五十歳なんて人生の真っ盛りで、老後のことを考えるのはまだ早い、という気がするだろうか。とりあえず六十歳くらいまではこのままでいって、六十歳過ぎたらぼつぼつ老後のことを考えよう、なんて思っていませんか。

六十歳では遅いのである。年齢というのは正直なもので、六十歳になると確実に老化が始まる。たとえば私の実体験で言うなら、六十歳を越した頃から、ちょっとした坂道をきついと思うようになった。それから、悲しいわけでもなんでもないのに、目に涙がにじむ。手の指や足がやたらにつる。ちゃんと老化していくのだ。

そして、老化が進行する中で、老後を考えることはあまり得策ではない。老人の後向きの気分で考えてしまい、あまり前向きな考えが出てこない。

その意味で、五十歳はちょうどいいのだ。そのくらいから、自分は老後をどう生きるのか、というのを考え始めよう。つまりは、どのように格好いい老人になるか、の設計をするのだ。ルックスの良さで、ダンディな爺さんになりたいのか、何でも知ってる知恵ある爺さんがいいのか、周りに嫌われても不良老人になってやる、と覚悟を決めるのか。

何であれ、五十代でそれをちゃんと考えた人は、どこかにちゃんと骨のある老人になれる。ただ流されていくばかりで、自分が老人にやがてなる、ということから目をそむけている人は（これは女性も同じ）、魅力のないゆるんだ年寄りになってしまうのである。

兼好は、権力者を否定し、ルックスのいい人生も否定し、本職の僧侶も否定し、ゆったりと魅力的に生きる世捨人であろうと考えている。しかし、あなたの老後の理想が兼好と同じである必要はない。あなたなりの理想を考えよう。五十歳になったら、ちゃんと思考がそこへ行くべきなのだ。さあ、どんな爺さん（婆さん）になりたいですか。

◆理想の生き方を見つける「兼好の技」

徒然草の第一段は、「理想の男とはどんなものか」である。

なかなか興味深いところから話を始める。

ただし、第一段なんだから、最初に書いたのだろうとは断定できない。いくつか書いた段を、発表するにあたって編集して並べかえた、ということも大いに考えられるからだ。

でも、これが第一段にふさわしいな、と兼好が考えたのは事実である。

一冊の書物の入り口としてこんな話がふさわしい、という判断があったわけだ。

兼好の考える理想の男とはどんなものであろうか。

実は、この第一段は比較的長くて、引用して翻訳した部分以外でもいろんなことを言っている。それをざっと見ていかないと、この段はよくわからないのだ。

前もって言っておくと、徒然草の文章は非常に気分的で、論旨が奇妙にねじれていることが多い。ふいに、それまで言ってきたこととまるで反対のことを言いだして、それが結論になるようなこともある。思いつくことを脈絡なく並べてるんじゃないのか、と言いたくなるくらいだ。

しかし、考えようによっては、その自由すぎる書き方が徒然草の魅力とも言えるのだ。「世の中斬りまくりおじさんの、思いつくままの暴走を楽しむ」という読み方が正しいのである。

「この世に生まれたからには理想の生き方があるものだが」と話を始めた兼好は、いきなり、「帝は別格で尊い」と認める。「宮中関係もご立派ですなあ」と。「摂政、関白などもよろしいですな」。そして、「身分の低い者が、それなりに出世したと自慢げなのはみっともない」と言う。

いきなり「はてな？」である。

尊い身分、高い身分の人間が理想で、低い身分の者はみっともないというのか。それは権力者に対して腰が引けすぎているんでないの。そう言いたくなる。

しかし、どうも兼好はわざとそういうことを書いているような気がする。

高貴なお方たちは別格であり、とにかく尊い、と書いてはいるが、どういうところが立派なのかは何も書いてないのだ。つまり、高貴な方は別格だからここでは考えない、と切り捨てているように読めるのである。そしてむしろ、そういうところに理想像はないからね、ということを匂わせているような気がする。

そんな、なかなかにこわい技を使っているのである。

◆「世捨人の目」で見ると、世の中、わかることがある

次に兼好は、坊さんの悪口を並べたてる。

この世に坊さんくらいうらやましくないものはないよ、とまで言う。出世して威張りちらしている高僧も偉くない。世間の評判を気にしているのが見え見えでみっともない、と。

そして、坊さんに対比するものとして、世捨人というのを持ち出す。坊さんと比べて世捨人のほうは、なかなかいい感じだったりするよ、と。

世捨人というのは、遁世者《とんせいしゃ》と言いかえてもいいが、何らかの考えから出家はしたが、寺院や宗派には属さず、山野に閑居《かんきょ》し、一人で仏道に精進した人のことだ。本当の僧侶と区別するために、「在家の沙弥《しゃみ》」と呼んだりした。

そして、実は兼好がその世捨人なのである。

昔はそういう人が結構多くて、たとえば『方丈記』の著者鴨長明《かものちょうめい》なども世捨人である。だから、要するにここでは、坊さんよりも、私のような世捨人のほうが理想に近いんだよ、と軽く自慢しているのだ。このぬけぬけとした自分ほめこそ、徒然草の味わいどころなのだ。

その次が引用した部分で、ここには意外なことが書いてある。人は、見た目のいいのがやっぱりいいなあ、というのは思いがけない意見だ。結局ルックスかい、とツッコミたくなる。

だが、これもつまりは、持ちあげて論外にするという技なのだ。

姿形のいい人はいい、まったくいいねえ、だから考えることないね。で、ルックスのことではなく、態度、様子の良し悪しに話を持ち込む。様子に品の良さや抑制のある人は、会ってても気分がいい、とほめる。一見立派そうでも、心の中がつまらない人はダメ。このあたりの、話の進み方のグラグラ感は、なんとも綱渡り的だ。

中略の部分には、学識のことが書いてある。姿や心が良くても、学問がないと一格落ちる、と言い、結局切り札は学問かい、という感じになる。

漢詩、和歌、音楽、儀式、作法、行事の決まりごと、そういうものが身についているのはいいねえ、というわけだ。そして、そんなことは書いてないが、実はそれらは兼好が身につけていたものである。彼がそれらを身につけた教養人であることはよく知られていた。

だから、ここでも結局は自分こそが理想だよ、と言っているわけだ。

あきれるほど平然と自分の自慢をしている。

◆五十代ならではの叱り方・怒り方

少し脱線話をしよう。

エッセイとは何が書いてあるものか、について、故井上ひさしさんはおもしろいことを言っていた。

エッセイとは要するに、私は頭がいい、ということが書いてあるんだ、というのだ。

どんなエッセイでも結局はそれだ、と。

とてもおもしろい卓見だが、私はその意見に少し手を加えたくなる。男の書くエッセイとは結局、私は頭がいい、ということが書かれていて、その元祖というか、原型が『徒然草』なのだ。

そして女の書くエッセイの元祖であり、原型なのは『枕草子』であり、結局のところ、私ってセンスがいいの、ということが書いてある。

だから『枕草子』『徒然草』という二大随筆文学の、文化的価値ははかり知れないくらいのものなのだ。それをお手本にして日本人のエッセイは書かれているのだから。

ある程度年を取って、学識と教養があると世に認められている男性に、エッセイの執筆を依頼すると、非常にしばしば、近頃の世の中は間違っている、と、世間を叱るエッセイを書く。日本語が乱れているとか、日本人が金の亡者になって品格を失ってしまったとか、若者が度し難いバカになってしまって世も末で、このままでは日本は滅びるだろう、というようなエッセイのいかに多いことか。

そういうお叱りエッセイは、結局のところ、そういう間違いに気づいている私を見習え、と言っているわけで、つまりは自慢なのである。

そしてその元祖が、『徒然草』なのである。

というわけで、徒然草の中には非常にしばしば、世の中間違っとる、私を見習え、という自慢めいたことが書いてあるのだが、だからといって、結局は老人の自慢話かい、と価値を低く見ることはないのである。

その自慢話に値打ちがあるのだ。

なぜなら、それを世捨人が書いているからだ。

つまり、権力の頂点にいる人が書いたのではない、ということが重要なのだ。

兼好で言うならば、三十歳くらいまでは宮中にも出入りして、大いに時めいて出世コースに乗っていた。しかしそこで、権力を目指して生きることがムナしくなり、世捨人になったのだ。

立身出世の人生からリタイアしたのである。

そういう、勝ち組の人生を捨てたからこそ、世の中を叱っていい立場になった、というのが日本の随筆文学の本質なのだ。

『方丈記』の鴨長明も同じである。

一度は有能な人材と期待され大いに時めいたけれど、すべてムナしくなって出家して小さな方丈の庵に住んだのだ。だからこの世のことはすべて無常だね、という『方丈記』を書いて、みんな何をあくせくしているんだ、と叱っていい立場になったのである。

『枕草子』を書いた清少納言も、一時は宮中で大いに勢力を誇った中宮定子サロンのリーダー的存在だったのに、今は紫式部もいる中宮彰子サロンが時流に乗り、定子サロンのことは忘れられようとしている。だから、そのサロンはすごくセンスが良かったのよと、大いに書いていていいのだ。

日本の随筆文学は、時流から外れた人がうまーく自慢を書く、という伝統の中にあり、だから味わい深いという構造になっているのだ。人生の勝者みたいな顔をした大会社の社長などが、お客様のことだけ考えてまいりましたみたいなことを書いて、やっぱりどこか自慢している、というエッセイを読むと、うるせえやコノヤロ感がするものだが、それとは別物なのである。

そして兼好は、理想の男って何か、というこの第一段に、意外な結論を持ってくる。世捨人であり、学識があるのがいいでは、あまりに自慢が見え見えすぎると自分でもわかっているからだ。学問があるのが理想だね、ではありきたりで、結論としてちょっとつまらない、と思ったのかもしれない。

中略の後がこの段の結論。話はいきなり酒の席に持ち込まれる。うまく拍子をとる、とか、酒は遠慮するが飲めなくはない、なんて言うところから、酒の席が想起されるのだ。そして、そこで様子のいい男こそ最高だね、と結ばれる。

この、最後の行はとても印象的で、おそらく、読んでいちばん頭に残るのはこの部分であろう。つい読んだ者に考え込ませてしまう点において、この結論は実にうまい。

遊び心——五十代は楽しくなくちゃいけない

◆「楽しいか、どうか」を判断基準にしてみる

いい年をしてガツガツ学ぶのはみっともないからやめてしまえ、というちょっと皮肉な意見を兼好はこの段で言うのだが、徒然草というのは書いてあることをそのまま鵜呑《うの》みに読むよりも、考えのヒント、考え方のきっかけをもらったと考え、そこから自分で考えるべき書である。

五十歳になってもまだ身につかない習い事などやめてしまえ、と言われて、さてどうしたものだろう。

ある人の言うには、五十歳になるまで上手にならないような習い事はやめてしまったほうがいいのだとか。その年ではほげんで習っても将来がない。老人のやることなので、人も笑うわけにいかない。大勢に交って習っている姿も、可愛《かわい》くなく見苦しい。年を取ったら、何であろうと仕事はやめて、暇のあるほうが見てて気持ちのいいものだ。世間の俗事に関係して生涯を暮らす人は、どうにも愚かである。おもしろそうだと思ったことでも、一通り学んでその味わいを知ったところで、だいたいわかったとやめておくのがいい。もっといいのは、はじめから習おうなどという気持ちが起こらないですむことで、それが何よりである。

〔第百五十一段より〕

世の中には、少し年を取って自分のための時間が持てるようになったら（たとえば定年後）、新しいことを学んでみようかと思っている人が珍しくないと思うが、兼好流に考えればそれは愚かしいことなのか。最初から学びたいなんて思わないのがいちばんだと兼好は言っているが、自分にはしっかりと学識のある人が、どうして学習を否定するのか。

どうもそうではないようだと私は思う。兼好が本当に学習を否定するとは思えないのだ。兼好は自分を知恵ある人間だと思っていて、同じように知恵ある人を好きだったはずである。学習しない人はいいなあ、と本気で思っていたわけがない。

兼好の言い方に注目してみよう。彼は、年を取っても身につかないような学芸なら、やめてしまえと言っているのだ。この、年を取っても身につかないなら、というところが注目ポイントである。

世俗のことにかかわって生涯を送る人は愚かである、とも言っている。要するに、世俗のための努力として、学芸に必死になっている人を笑っているのである。言いかえれば、何かのタメにする学習、欲望のタメにする努力を叱っているのだ。出世したいがために、何かの資格を取ろうとしてみたり、立派だと言われたいために、英検に挑戦したりするのは、老人にはもう似合わないよ、ということだ。

タメにする学芸はどうしたってガツガツした感じになる。見ているのがつらい感じになる。そういうのはもうよそうよ、と言っているのだ。

だからこれは、五十代以降の余生をどう過ごすのがいいのか、という話につながる。その年になれば、今さらガツガツ学んでもそう出世はしないだろう、ということを言っているのだ。そういうゆとりのない学習はもうやめたほうがいい。

だから、人間もある年齢になったなら、遊びとしての学習をするのがいいのだ。ゆったりした気分で、楽しいから学ぶのさ、というのがいい。そういう遊びを持っている老人は見てて気持ちがいい。

たとえばの話、五十歳にもなって、ミュージシャンとしてデビューすることを夢見て楽器を猛練習している姿を見れば、鼻白《はなじろ》むだけではないか。それは若い人のすることである。小説家になりたくて、新人賞に応募し続けてもう五十五歳、なんてのはよそうよ、だ。

その年になったら、何かのタメに学ぶのではなくて、やってると楽しいから続けているんですよ、ということであってほしい。

そしてこの、遊びとしての学習は、横から見てもうらやましいものなのだ。好きなことがちゃんとあっていいなあ、という気がする。

余生は、基本的に楽しくなくちゃいけない。もう、義務的にしなくちゃいけないことはし終えたから余生なのである。その余生で、何かに追いたてられてガツガツ学ぶというのは、まったく無意味なのだ。余生は、好きなことをしていればいいですよと、思いがけなくプレゼントされたおまけの時間なのである。

だから好きなことを、自分のペースでゆったりとやろう。ありがたいことに暇があるので、あれこれ楽しんでますわ、と言えるのがいちばんいいのだ。

◆「五十代として教養」を身につける

この段は少し意地悪だが、普通あまり言わない思いがけない内容が書かれていて、その点でなかなか刺激的である。若い頃の私は、若さ故の傲慢《ごうまん》さもあって、この段が好きだった。

若いというのは、自分は何かになれるに違いないと錯覚している身の程知らずだから、若い頃の私は、そうだそうだ才能のないおじさんはとっととあきらめてくれ、なんて思った。よくぞ言ってくれた、とまで感じていた記憶がある。

しかし、今になって読み返してみると、この段もやっぱり、兼好の自己肯定に基づく嫌味である。私のように、すっぱりと世を捨てるいさぎよさを見習え、というところに話は収束していくのである。

その証拠に、習い事の話がいつの間にか、仕事なんかやめて暇のある人生を送れ、という話になっていく。いい年をして、まだ出世したくてあれやこれやに手を出すなんてみっともない、の話になるのだ。世捨人である自分をほめているわけだ。

そしてしめくくりに、ちょっとおもしろいことを言う。

おもしろそうだと思って学んだことも、一通りわかったところで、このぐらいでいいだろう、とやめておくのがいい、というのだ。これは普通に考えると少し奇妙な意見である。

学び始めたからには、全部わかるまでとことんやれ、と考えるほうが普通だと思うのだが、だいたいわかったら、そこでやめろ、というのだから奇説である。そして更には、そもそも習いたいなんて気持ちが最初から起こらないのがいちばんいいね、と言うんだから、これは学習の否定である。

この段もやはり兼好の主張はふらふらとヨレているのだが、後半で言っていることは、どうも学者への反感である。

ある種の学者が、一つのことに一生取り組んだりして、その分野のことなら何をきいても知っている、なんてふうになるが、あれもコケの一念でさわやかじゃないねえ、とケチをつけているのだ。

知恵は身につけよう、だけど、その道の専門家になるほどガリガリやらないほうがいい、という意地悪な意見がここには書いてある。

これは、よく言えば中庸《ちゅうよう》的学問のススメだ。世事についても学問についても、年老いてなおガツガツと努力するのを笑っているのだ。いい年になったら自分の自由にできるゆとりの時間を持つくらいのほうが、見てて素敵なんですよと、皮肉を投げかけ、アドバイスをしているのであろう。

あらためて言うまでもなく、そういう生き方をしているお手本は私ですよ、という自慢である。

◆「上手にあきらめる」と、人生、ラクになる

私はこの段の兼好の主張について、若い頃とは違って、半分賛成で半分反対だ。前半の、五十歳になるまでやって身につかない芸はもうあきらめろ、というのは、必死でねばってがんばっている人には悪いが、そうだよなあ、と同感できるのだ。

これさえ完全に身につければ自分は何者かになれ、自信たっぷり誇りを持って生きていける、と考えて努力しているのは悪いことではないが、そう言いつづけているうちにあなたももう五十歳ですよ、という気がしてしまう。五十歳になってもまだ芽が出ないというのは、才能がないんだと考えるところじゃないでしょうか。も

うあきらめたらどうですか、と言いたくなる。

人生には見切りをつける、ということも必要なのだ。

それに関して、思い出すのはタレントのタモリ氏である。あの人は、一時はかなり熱心に練習していたトランペットを、五十歳くらいでやめてしまった。そして、うまくならないからあきらめた、なんて言ってる。

それともう一つ、かなり熱心にやっていたゴルフも同じ頃にやめてしまった。ゴルフというのは年を取ってもできるスポーツで、そのあたりからますます熱心になる人も多いのに、すっぱりとやめるのは珍しいケースだな、と思った。

テレビを通して人柄を見ているだけなんだから、あてずっぽうで言うのだが、どうもタモリ氏はかなりの負けず嫌いである。どんなつまらないゲームでもなんとか勝とうとし、だからこそあの使い勝手のいいタレントになり得ているのである。

それで、トランペットとゴルフは、負けず嫌いの努力だけでは真の上級者にはなれないと思ったのではないだろうか。だから、すっぱりとやめてしまったのだろう。ある意味、いさぎよい。それをやめて、地形と鉄道のおもしろ博士になる道を選んだような気がする。

というわけで、タモリ氏の例は、負けず嫌いが、どうにもならんと知って手を引いたということで、兼好の言う、ゆとりある老人になるための処世とはちょっと違う。違うのだが、近い。

五十歳どころか、六十歳をすぎてもまだ何かでうまくなろうとし、習いつづけていることが私のアイデンティティーだ、なんて人はけっして珍しくない。それが趣味の域にとどまっているのなら何の問題もなく、かえって奨励《しょうれい》したいくらいのものだが、マナジリけっして本気なのだ。

画家になってみせる、とか、歌手デビューするんだ、とか、役者として成功するんだ、などと励んでいる老人は珍しくない。そしておそらく、親戚中から、おじいちゃんもうやめといたら、と思われているのである。

たとえば、何か事業を興して社長になっている人にも、社長マニアと呼びたいような人がいる。会社を成功させることにはあまり才能がないのだが、会社をツブさないことにかけては驚異的なネバリを見せる人だ。書きにくいのだが、私の身内にもそういう人物がいる。この人の才能は会社をツブさないってことだな、とあきれつつ思う。

資金ぐりをしたり、借金したり、あれを先に払ってもらったりと、私もくわしくないのでうまく説明できないが、とにかくバタバタと駆けずりまわって会社をツブさないのである。やっていても損が大きくなるばかりのような会社なのに。もう、やめればいいんじゃないの、と思うのだが、自分は社長である、というのがその人のアイデンティティーであり、それがなくなったら呆けてしまうのかもしれない。

兼好の言うように、自分の才能に見切りをつける、という場合もなきゃいけないのだよ、とつくづく思う。

◆「遊びとしての勉強」を始める

しかし、私は兼好が後半で言っていることには反対だ。

老人になったら何もせず、ゆとりの生活をしたほうがいい、という部分である。

念のために言うが、兼好が、人間も五十歳になったら、と言う時の五十歳と、現代の我々が思う五十歳はまるでイメージの違うものなのだ。兼好の感じでは、老人となり、後は死を待つばかりの老残者、というのが五十歳のイメージだ。だからもう、何かをあくせくやらなくていいんだよ、という意見になる。

だが、今の五十歳は現役バリバリである。中年ではあるが、会社なんかではまだ中間管理職だ。ビジネスのことや、ＯＡ機器のことなど、勉強しなきゃいけないことがいっぱいある。どう考えても、もう習い事はやめるか、の年ではないのである。何もしないでゆとりの中に生きようよ、なんて言ってられない。

兼好の言う五十歳は、ひかえめに考えても現代の六十歳である。

では、六十歳でもう、学習することをやめたほうがいいのだろうか。定年で会社もやめたし、後は何も学ばず、ゆとりの人生でいくべきなのか。

そんなことはない、というのが私の意見だ。人間いくつになっても、興味のわいたことを学んでいいのである。いや、学ぶべきだ。

兼好が、何かを学びたいなんて気が起こらないのがいちばんいい、と言っているのは、出世のため、金儲けのため、尊敬されるための学ぶなのである。老人になったらそういうことにあくせくするのは優雅ではないからよそうよ、と言っているのだ。

だが、現代においては、六十歳になったって人生の先はまだ長いのだ。何もしないでいては退屈でたまらない。

だから、趣味的に学ぶのはかえってよろしいのである。遊びとしての勉強だ。カルチャーセンターへ行って俳句を習ったり、源氏物語を読んだり、陶芸をしたりするの、とても良いではないか。一眼レフのデジカメを買って、世界中の岬の写真を撮ってみるなんて、素敵だ。ノーベル賞級の素粒子理論を、ざっとでいいから理解したいと、本を買ってきてトライする人好きだなあ。

六十歳になったら、もう会社で仕事の役に立つということは考えなくていい。それを考えなくていい勉強は楽しいものだ。

そういう意味で私は、老後はただもう死を待つだけなんだから、面倒なことにひっかからないで、すがすがしく生きろという（一応出家してるからこその）兼好の考えには同意できず、老後は大いに遊びの勉強をすればいいと思うのである。と言いつつも、私が兼好に賛同できるポイントもあるので、それにちょっと触れておこう。

近頃の言葉に、自分磨きとか、自分発見というのがあって、若い人などが魅力を感じているらしい。本当の自分の能力を見つけて、磨こう、というセンスだ。

あの自分磨きは、つまらないものである。自分にある特別な能力を見つければ、くすんでいる今の人生が突然輝きだし、自信を持って生きられる、という一種の迷信だ。そんな能力はないと思ったほうがいい。能力があるならそれはおのずと現われるのだから。

現われない能力をなんとか捜そうとする努力、そんなのは悪あがきというものだ。兼好が、ガツガツ学ばずゆったりしようよ、と言っているのが、自分磨き伝説の否定ならば、私は同意する。

自分を磨くなんていうみみっちいことのためでなく、学習は遊びでしょう。

「上手に年を重ねる」生き方

◆五十代の人生は「神様からの贈り物」

老いと死に対する覚悟を説く段だ。

そういうことを説く時の兼好は、普通の人間にはちょっとついていきにくい。なぜなら、兼好は世捨人という仏教者で、仏教思想の死生観を持っているからだ。仏教での考え方をシンプルに言えば、すべてのものはうつろい、変化していくもので、生ある者は必ず死ぬのだから、それを達観せよ、というものだ。つまり生に執着してはいけない、と説く。

この世に命のあるものを見てみて、人間くらい長生きなものはない。たとえばの話、かげろうは夕方を待たないでその日のうちに死ぬし、夏の蝉《せみ》も春や秋を知らないで一夏のうちに死んでしまうのだ。
だから寿命の長い人間は、たとえ一年でもいいから、しみじみと閑《しず》かに暮らしてみよう、と考えたらどうだ。そうすれば、すごくのどかな気持ちになれるだろう。それなのに、長々と生きておるのに自分の命を、まだ惜しい、まだ全然十分じゃないなどと考えるなら、たとえ千年生きたって、一夜の夢のように短く感じてしまうだろう。どうせ永遠に生きられるものではないこの世に、老いぼれて醜い姿をさらすまで生きのびたとしても、いいことなんか一つもないのだ。命が長いってことは恥が多いってことなのさ。

〔第七段より〕

ところが、出家して修行しているわけではない一般人としては、そこまでの達観はなかなかできない。できることならば健康で長生きしたいものだと望むもので、老醜《ろうしゅう》をさらして長生きしてもいいことない、とは考えにくい。

健康診断を受けて、ちょっと気になるところがあるから再検査しましょう、なんて言われたらヒヤリとする。どうせいつかは死ぬというのは受け入れるが、できればそれをなるべく先のことにしたい、と望んで人間は生きているのだ。

だから我々は、死について兼好ほどには悟れない。それは良いとしようではないか。

それでもって、老いと死についてどう覚悟を決めるかだ。

それを考えるきっかけとして、私の死生観を述べてみよう。

実は私は、根本のところでは死ぬことが恐ろしい。願わくば、そう早く死にたくないな、と思っている。

そして、まだ若い頃には、自分が若くして死ぬことを非常に恐れていた。それはあまりにくやしいことだ、と考えたのだ。

大学時代の友人が、大学を出てすぐにオートバイ事故で亡くなった。それを、なんともったいないことか、と思った。まだ彼は何もなしてないじゃないか。ここで死んだのは、いなかったと同じじゃないか。惜しすぎる、と感じて、自分にそういうことがないのを祈った。

私は若い頃から小説家になりたいという夢を持っていたので、まだそれになれないのに死んだら、我が人生はなかったも同然という気がしてこわかった。三十代で死んだら泣くに泣けん、というような感じ方だ。

ところが、そういうふうに死ぬのがこわいからこそ、四十歳の誕生日を迎えて、私はこんなふうに考えた。これで、最低限のモトは、取ったかな、と。小説家になんとかなれて、少しは著作もある。もちろんまだまだ生きたいが、最低限のモトは取ったぞ、と。

以来、なんとなくその気分で生きている。

五十歳の時も、六十歳の時も、若くしてまだ無のうちに死んじゃうのだけはまぬがれて、モトは取ってるよな、と思った。

だからあとはおまけの余生で、いつ死んでもいい、とまで悟れているわけではない。ちょっと肝臓のあたりがシクシク痛んだりしたらヒヤリとする。そういう往生際の悪い生き方をしている。

しかし、私の考え方は、老いを喜ぶことである。ああうれしいことだ、老人になるまで生きられて、まだ生きている、と思うのだ。

三十歳で死んでいたら、どんなに悔しかっただろう、それをまぬがれたのだ。

というわけで、五十歳くらいから後は、生きているということが、すごく喜ばしいプレゼントなのだ。老いを迎えられるというのは幸せなことなのである。

年を取れば醜くなるばかりだ、と兼好は意地悪なことを言う。長生きなんてしたくないものだと、わざと逆説を言う。

しかし、老醜もまた魅力的なものだと私は思う。とても人間的なことで、とにかく、生きているからこそ醜さを身につけられるのだ。若くて死んだ人は、老醜にまでたどりつけなかったのであり、気の毒だなあと思う。

人間、五十歳から後は、さあこれから老いを手に入れられるぞと、喜んでいればよいのである。

◆達観して生きてみる

この段で兼好が言っていることは、「長生きしたいなんて望んではいけない」ということだ。

この主張はインパクトが強い。なぜなら、普通の人間は、できれば長生きしたいと願っているものだからだ。健康で長生きならば、こんな幸せなことはないと考えている。その証拠に、みんな初詣で無病息災を神仏に祈っているではないか。

しかし、だからこそ兼好はその逆のことを言うのである。

人間は生物の中で、寿命の長いものだよと兼好は、かげろうや蝉の短命をひきあいにして説く。それなのに、まだ足りないと言い、もっともっと生きたいと願うのは醜いことだ。老醜をさらして生きたっていいことは一つもないぞ、だ。

引用した部分の後に、長く生きたとしても四十歳になるまでには死にたいものだよ、ということが書いてある。四十歳までに死ぬのはちょっと短命すぎるよ、と我々には思える。なぜそんなに死に急ぐのか。

それはこういう理由からだろう。

兼好は徒然草を何歳の頃書いたのか、という研究があって、説はいろいろ立てられているのだが、そのうちの一説ではこうなっている。徒然草の第三十二段までは三十七歳ぐらいの時に書いており、第三十三段から末尾の第二百四十三段までは四十八歳ぐらいの時に書いた、と。

その説が正しいとすると、この第七段を書いたのは三十七歳頃となる。だから、四十歳になるまでには死にたいものだ、という発言になるわけだ。つまり、私もそろそろ死んでもいいと思っているよ、と覚悟を語っているのである。

実際にはどうだったんだ、というのを知りたがる人がいるかもしれない。兼好の死についてはよくわかっていないのだが、京都以外の地で、六十代後半で死んだらしいという説が有力だ。しかし、その事実をもってこの段を批判するわけにはいくまい。もう死んだっていいと達観してたわりには長生きしましたねえ、と責めるのは変だもの。覚悟と実際は別のことである。

ところで、徒然草第七十四段に、この第七段とよく似た内容のことが書かれている。そこで言っているのは、「どうせ死んでしまうのだ」とでも題せる主張なのだが、その段ではこんな言い方をしている。

「養生をしたところで、将来に何が期待できるというのだ。待っているものは、老いと死だけではないか。老いと死のやってくるのは速いぞ。一瞬間も止まってはくれないからなあ。ただそれを待っているだけの人生に、何の楽しみがあるというんだ。何の期待も持てやしないのだ」

おやおや、こっちでは老いと死のやってくるのは速いぞ、ということを言っている。第七段には、人間の寿命は長い、と書いているのに。人間の寿命は長いのか短いのか、どっちなんだよ、と言いたくなってしまう。

でも、こういうのは方便というもので、どっちでもあるのだ。その時の説得力のために、いろいろ言うわけだ。そして兼好の言いたいことは、長生きなんか願わずに、いつ死んでもいいと達観しよう（どうせすぐ死ぬんだから）、ということである。

兼好がそんなことを言うのは、仏教者だからである。仏教思想では、老いと死を恐れるのは煩悩であり、それを受け入れて解脱《げだつ》しよう、と説く。だからこの段は、まさしく坊主の説教なのである。

私などは、そういう説教をされると、そんなふうに悟れればまことに結構ですが、なかなかその域には達せませんなあ、と思ってしまう。

やっぱり、できることなら長生きしたいものだと思うし、百歳まで生きたいとは願わないけど、平均寿命くらいまでは生きられるといいなあと望んでいる。そうじゃないのはすごく無念、とまでは思わないのだが。

というわけで、仏教思想の説く、老と死への恐怖から解脱しようという教えに対しては、心のどこかに受け止めておきます、ぐらいの返事しかできない。まあそれでいいんだろうと思っている。

◆美しく歳をとる人、醜く歳をとる人

そして、それとは別に、この段を読んでいて気にかかることがあるのだ。

この段の中に、命が長いってことは恥が多いってことなのだ、という主張がある。原文で引けば、「命長ければ辱《はじ》多し」である。

これって、なんとなく名言っぽい。兼好はこういう、ついつい心にかかってしまう名言を言うのがとてもうまい。覚えておいて、いつか使ってみよう、なんて気になる。

しかし、これって本当のことなんだろうか。本当に、長生きすれば恥ばっかりかくのだろうか。別のところで兼好はこうも言う。「老いた醜い姿をさらしてまで長生きしてもいいことはない」と。老醜という考え方だ。

さて、老いるということは、本当に醜いことなんだろうか。若い＝美しい、老い＝醜い、と考えるのは正しいのか。

私の知る限りでは、日本人はよくそういう考え方をする。

たとえば、年寄りの冷水、ということわざがあって、年寄りが若い人と同じことができると考えて行動することをいましめている。年を取ったらもうできることは少ないのだから、できるだけ引っ込んでいろ、というような主張がこのことわざには込められている。

それから、老醜をさらすよりも死んだほうがいい、というような極端なことを言う人もいる。恥ずかしながらまだ生きております、というようなおかしなことを言う人もいる。そういう考え方はちょっとおかしくないだろうか。なぜ、年を取るのは醜いことだなんて、全否定してしまうのだ。

老いの中には、美もあると思う。反対に、若さの中には恥も多い。若い頃のことを思いだして、「うわーっ赤面！」ということもたくさんあるもの。

老いの美のすごく具体的な例を出してみるなら、着物姿のお婆さんがちょこんと正座しているのって、美しい。

若い娘さんなどが同じことをしていると、腿《もも》が太いから、膝が高いのだ。二つ折りにした丸太の上に胴がのっているように見える。ところが枯れたお婆さんだと、膝が薄っぺらくて低くおさまり、その上に胴がちょこん、とのっている。これって、日本人の着物姿の美だなあ、と思う。

まあそれは、あまりにも形の美の話だけど、心の面でも、老い故の美はたくさんある。

老人の知恵、ってものもあるし、老人の達観に感じ入ることもあるし、老人のあきらめに、いさぎよさを感じることもある。なのに、老いは醜いと、人々はしばしば口にするのだ。私はその考え方には反対である。

◆若い人に「好かれる五十代」「嫌われる五十代」

というわけで、私はここで、長生きなんか望んじゃいけないと坊主の説教のようなことを言う兼好から離れて、人間はいかに老いるべきかを考えてみる。

一般的に言って人々の寿命が長くなっており、人生は老いてからもかなり長いのである。だから、老いてからどのように生きるべきかはとても重要な問題なのだ。

そこでまず、兼好の言う老醜ではないが、老害について考えてみよう。

私は、年寄りイコール醜いとは思わないが、年寄りの中にはどうにも困った老害をまきちらしている人がいることは認めなければならない。それは、自分の老いを認めず、私はまだまだ現役だという思いにしがみつき、時代遅れの持論を押し通そうとする人である。

そういう老人が、政治家や、財界人や、スポーツ解説者などに結構いて、私に従えとばかりに、時代遅れの独断をわめいている。あれはまったく老害だし、たしかに醜いな、と思う。

つまり、自分はまだまだ若い者に一歩もひけをとるものではない、という誤判断があって、今ではもう通用しない考えを得々として語っているのだ。善意の忠告として、爺さんもう引っ込んでなよ、と言いたくなる。

いったい何期知事をやったら気がすむんだ、というような太平洋戦争の思い出をもとに道徳を語っているような老政治家もいやだ。大会社のオーナーくずれの、今でも自分が世の中を動かしているつもりのいつもピンぼけ発言の大物もどうにかしてほしい。

そういう老害人物ほど、日本はどんどん悪くなっていると思い込んでいて、私が叱らねばどうにもならんと使命感を持っているから迷惑だ。ハッキリと、「あなたはもう日本にはいらないんです」と引導を渡したくなる。

私の思う理想の老い方は、ああいう老害になることではない。

まず大原則として、老人は過去の人間である。

今という時代は、若い人のものだ。それが少々気に入らないとしても、ケチをつけてはいけない。若い人は未熟で失敗も多いのだが、いやいや、後生畏《おそ》るべしであって、ずっと失敗しているわけではなく、必ず成長してだんだん良くなってくるのである。だから未来はそういう若い人にまかせよう。

そして老人自身は、私もちゃんと生きた、という自負を持って、穏やかにまだ残っている時間を楽しんで生きよう。

でしゃばって自分のことばかり言うのは良くないが、機会があったら自分のことをちょっと自慢しよう。もし若い人に何かきかれたら、嬉々として教えよう。若いタレントのファンになって目を細めよう。

つまりは、若い人にモテる老人になろう。そんな楽しいことはそうないのである。

お金は「生きている時に使い切る」のがいい

◆お金とのつきあい方、変えてみませんか？

財産なんかないほうがいい、というのがこの段の主張である。すんなりと同意できるであろうか。

普通の人間は、財産なんていうステキなものがあったらどんなにいいか、と思うものであろう。

いや、まだ小学校へあがる前の子どもでも、いっぱいお金を持っている資産家なんてものがいると知れば、うらやましく思い、ぼくもそうだったらいいのに、と思名誉欲や利益に振りまわされて、落ちつく暇もなく、一生を苦しんで生きる人がいるが、つくづく愚かである。

財産なんてものを持っていると、それを守ることに必死になって、自分の身を守ることがおろそかになるものだ。それどころか、害を引きよせ、煩《わずら》いを招くきっかけになってしまうのだ。（中略）

愚かな人の目を楽しませてくれるといういろんな宝物だって、考えてみればつまらぬものばかり。大きくて立派な車、肥えていて見事な馬、金や宝石の装飾品、そういうものも道理のわかった人にはちっともありがたくないものなのさ。だから黄金は山に捨て、宝石は川に投げてしまうのがいいのだよ。

〔第三十八段より〕

うものだ。

財産があれば好きなだけ贅沢ができる。食に事欠くことなく、豪邸に住み、思いきり着飾ることもできる。うらやましい限りだと思うのが普通だろう。

ところが、そういう思いというのは、持ってないからついうらやましく思う、ということであって、本当に財があったらどうなるか、ということを考えていないのである。

兼好は「財多ければ、身を守るにまどし」と言っているが、つまり、財を守ることに必死にならなきゃいけない、という意味だ。これが、財のない人の負け惜しみではなく、案外本当のことのような気がする。

これは資本主義の原理なんだろうかと思うのだが、財産や資産というものは、ちゃんと守ってくれよ、と持ち主を圧迫してくるのだ。それどころか、ある財産をうまく運用して、もっと増やしてくれと重圧をかけてくる。大きな財産というのは、もっと大きくなることを必ず求めるのだ。

たとえば世界長者番付のようなものに名をつらねて、資産は何千億円というような人もいるのだが、そういう人ならば、これだけの資産をどう使って減らそうか、と考えてもよさそうなものなのに、そうではない。何千億円も持っていて、まだ、これをどう増やすかに追い立てられているのである。そして、その人の人生の楽しみは、資産が増えることなのだ。あればあるほどもっとほしくなるのが財というものなのだ。

それは必ずしもうらやましい生き方ではないよ、と兼好は言っている。それじゃあまるで財産のために生きているようなもので、金の奴隷ではないか。

と、ここまではまともな考え方。あればあるほどほしくなるお金ゲームに振りまわされる生き方は、はたして本当に楽しいだろうか、だ。

それで、身もふたもないことを言ってしまうならば、たとえば私にはそんな財産はない。

失礼な言い方になるかもしれないが、この本の読者であるあなたも、多分そんなに財産を持ってないであろう。だって、資産家なんてのはほんの一握りの人間で、そんなにはいないんだから。

普通の人間は、持ってる財産に悩まされるようなことなく、ただ、持ってる人をうらやましがっている。ところがよく考えてみると、そううらやましく思うことはないのだ。

むしろ、財産なんてある人はかえって悩ましいものだそうだ、と達観していればいい。金は、食うに困る、住むところもない、というぐらいないと苦しいが、そのぐらいはなんとかなるのなら、それだけあるのがちょうどいいのである。財産の、さあ増やしてくれという圧迫を受けて生きるのは少しも楽なことではない。

なんとか生きていけるだけの金があるならば、それで十分に幸せなのだ。そして、最後までそのぐらいはあって、死んだ時にちょうど全部使いきって、少しも残さなかった、というのが理想である。

もちろん、自分がいつ死ぬのかは予見できないのだから、常にちょっとの余備金はあったほうがいいが、死んだ時に残ったのはその余備金だけ、というのがちょうどいい。

そして資産家の人を、ああいう人は金に追いまくられて大変な人生だろうなあと、同情してやっていればいいのである。

◆最近、不幸な日本人が増えた理由

この段はかなり長くて、引用して翻訳した部分より後に、名声を残すというのはいいのか悪いのかが考察され、それもいらない、と結論が出される。

その後に、知を求め賢を願うのはいいのか悪いのかが考えられ、そんなことからも超越しているのがいい、と論考される。

要するに、財産も、名声も、知恵もいらないという、「人間は何も持たないほうがいいのだ」という主張である。そんな不思議なことが、確信を持って書かれている。

学術的にこの段を読む人は、こんなことを言う。ここでの論考のために引用される中国の書籍が老荘思想のものに限られているので、この段は老荘思想を兼好なりに展開したものだ、と受け止めるのだ。

では、この段の思想はパクったものか、とまで言うことはない。兼好が老荘思想を説いているのだ、と思って読めばいいのだ。

さてそこで、この段の前半の、財産なんて捨ててしまえ、という主張について考えてみよう。

財産なんかあって、それを守りたいと思ってしまったら、心がそっちへ引きずられて、自由ではなくなってしまうよ、というのが兼好がここで言ってることだ。引用文では省略したが、山ほど金をためたとしても、死んでしまえばなんの役にも立たないじゃないか、とも言っている。

普通の人間がそう言われて思うことは、財産があれば、それを相続する人がうれしいじゃないか、ということだろう。代々続いていく資産家なんてのは、うらやましいよなあ、だ。

だが兼好流に考えれば、財産を受け継ぐのはうれしいことのようだが、それが幸せなことかどうかはまた別のことで、わずらわしさも大きいよ、となる。

それに、相続した人もいずれは死ぬんだしね。財産を守って不自由に生きて死んでいくだけのことで、少しもうらやましくないね、という考え方だ。

資本主義経済社会に生きている現代人には、どうしても富と幸福を結びつけて考える癖があって、兼好の言う、豊かさに夢中になってあくせくするのは愚か、という思想がスコンとはわからない。持っている金は山に捨ててしまうほうがいい、とはなかなか思えない。

大きな車（兼好が言ってるのは牛車だろうが、我々は自動車だと思えばいい）や、肥えた馬や、宝飾品なんかをほしがるのも下らないことで、それを集めてどうなるんだ、と兼好は言うのだが、そういうものが持てたら幸せなことだよなあと、我々は思いがちだ。

しかし、ちょっと思い出してみよう。

今老境にさしかかろうとしている人たちだって、昔はひどく貧乏で、ほとんど何も持っていなかったではないか。その頃、幸せはどこにもなくて、すべての人が不幸だったろうか。

思い出してみると、昔は、金持ちなら幸せだ、なんて考えるのは間違っている、という思想が世の中に確実にあった。

たとえ山ほど金があっても、そのために心がゆがんでいて、自分を見失っているならば、少しも幸せではないんだと、親は子どもに言った。社会が人々にそういうことを伝えていた。だからそういう思想の物語があり、映画があり、人々もそれを信じて口にしていた。

正しくまっとうに生き、愛があるならば、そこに幸せはあるんだとみんなが思っていた。あの頃は、兼好がここで言ってるようなことは、日本人のみんながわかっていたのだ。

だから、この段をジックリ読ませたいのは、今から約二十年ばかり前の、バブル経済の頃の金にとち狂っていた日本人だ。あの頃はたしかにむちゃくちゃだった。どんな土地でも買っておけばどんどん値が上がった。サラリーマンは一万円札を何枚か見せびらかしてタクシーを拾った。新幹線はグリーン席から先に売れていった。旅館は一泊何十万円も取った。

まことにあの頃は、日本中が金にとち狂っていた。ウニとトロしか鮨を食べない小学生には怒りすら覚えた。

あの時の日本人に、徒然草のこの段を読ませたい。金なんか山へ捨て、宝石は川へ投げろ、と言ってやりたい気がする。

◆「持たない幸せ」を味わってみよう

しかし、みなさんがよく知っているとおり、あのバブルははじけたのだ。

はじけたとたん、格差社会とやらになり、下流の人々、というものが生まれた。人間が勝ち組と負け組に分かれるというような、それもまたおかしすぎる考え方だぜ、というような意識が出てきた。

セレブになりたいなあ、と人々は口にするようになったが、日本におけるセレブなんて、要するに親が強欲で金を集めた、というだけの薄っぺらいものだった。

そうこうしているうちに、リーマン・ショックとやらが襲ってきて、世の中が本当に寒々しく不景気になってきた。

私は中学生の時に、インフレーションの逆のデフレーションがあるということを習った時、それはどういうふうに起こるものなんだろう、と考えて想像がつかなかった。

ところが実際に起こってみたら、デフレとは、どこもかしこも激安店になるということだった。

牛丼があきれるほど安く食べられるようになるってことで、だからパパの一日の小遣いは五百円ね、ということになるのがデフレだった。

そして、そんな時に日本にはもっと大きな不幸が襲いかかった。

平成二十三年の三月十一日に、東日本大震災があり、この国は劇的に変化した。変化するしかない事態なのだ。

しかし、この災害は日本人に、何かを思い出させたかもしれない。

電力は今までの七割で、少々不便であり、夏の暑さはこたえるかもしれないが、家族が全員無事だったならそれは幸せなことなんだと、気づかされたのだ。

おそらく景気は悪くなり、物質的豊かさはそれまでの七掛けくらいになるだろうけれど、未来に望みを持てて生きていけるならばそれは幸せなんだと、なんとなくわかった人が多いのではないだろうか。

いや、こういうことは早まった言い方をしてはいけない。

なんとか助かったようでも、あれだけ大きな天災で、あれだけ恐ろしいことを体験したら、多くの人の心はまだ恐怖におののいているはずだ。心の中に苦しみを抱えている人がものすごい数いるはずである。そこから、なんとか前向きな気分に立ち直っていくためには、まだまだ大きな試練があると思う。私個人の力では、いちばんこわいところは終わりましたからね、としか言うことができない。どうか、元気を取り戻してくださいと祈ることしかできない。

でも、あの大地震は日本人の精神に大きな何かをもたらしたような気がする。少なくとも、バブル期の狂いは完全にどこかへ消え去ったと思う。

だから今なら、兼好の言う、財産なんて捨ててしまえという極論が、少しわかるようになったかもしれない。財産よりも、自由と希望のほうが人間を幸せにするのだと。

◆「次の世代に何を残せるか?」

精神の持ちようとしては、財産なんか人をわずらわせるだけで、それに振りまわされるのは愚かだ、とわかった。

わかったけど、それでも我々は資本主義経済の社会の中に生きているのであり、出家したわけではありませんからね。

兼好の言うように、財産は山へ捨てろ、とは考えられない。それを、復興のために使うべきである。行楽にも行き、酒も飲まなきゃいけない。それがめぐりめぐって、瓦礫《がれき》の山と化した街が再生していくんだから。

ここでは私は、原子力発電所のことは考察しません。あれはちょっと別の問題で、人々の精神論で論じるようなこととは違うと思うから。

私が思うのは、今の日本人に対して投げかける意見として、徒然草の第三十八段は、すごくトンチンカンだなあ、ということである。

財産なんかあればそれを守るために心がすさむばかりだよ。なんにも持ってないのがいちばんだね。

それに対して、今はそんな皮肉を言っている場合ではない、と思ってしまう。今持っているものを元手に、なんとか何かを築いていくしかない時なんだから。

金を山ほどためたいとは、今の日本人のほとんどが思っていない。ただ、次の世代である子どもたちに、ちゃんとした社会を用意してやりたいと思っているだけだ。そのために、できることからやっていくのだ。

そのことを、小さな財に目がくらんであくせくしている、と見てはいけない。

そして、財産でも名誉でもなく、希望のある未来を築いていこうよ、ということならば、私も心から賛同するのである。

身軽に気軽に生きてみる

◆「一つ」手に入れたら「一つ」捨てる

前の項の続きのような内容の段である。ここでは、何も残さず死にたいものだ、ということが説かれる。そして広く、ものに執着しないほうがよい、と兼好は言う。だから、前の項は金とのつきあい方についてであり、この項はものとのつきあい方についてだ。

死んだ時にものが多く残っているのは、案外トラブルのもとだし、恥ずかしいことだ、と兼好は言っている。これは意外と真実を衝《つ》いていると思う。たとえば、そ自分の死んだ後に財をのこすことは、知恵ある人間のすることではない。

下らないものがやたらに溜《た》めてあるなあ、とバレるのもみっともないし、値打ちのあるものがのこっていても、こんなものに心を奪われていたんだなあと、あさはかに思える。財宝がたんまりとのこってしまっているのも、なんで溜めたんだろうねえとつまらなく感じられる。

「私がもらいたいな」なんて言う者が出てきて、死後に争いになったりしても、ただ見苦しいではないか。これは後々あの人にあげよう、なんて思っているものがあるなら、生きているうちに譲ってあげるのが良い。日常生活になくては困るものは持っていても良いが、そのほかには、何も持たないでいたいものである。

〔第百四十段より〕

の人にとっては宝物でも、大方の人にとっては無価値なものがいっぱい残っていると、バカなものを溜《た》めこんでいた人だなあ、と笑われる。書画、骨董でも、ブリキのおもちゃでもヒーローのフィギュアでも、それが好きだったその人以外にはつまらないものを集めたなあ、と思われるだけである（それが高値で売れるのならば、金を残したと同じことになるのだが）。

靴を集めるのが趣味だなんて言って、百足も残したって、サイズの合わない人にとってみればゴミである。生きている人間は、死んだ人間に対してはある面冷たいもので、こんなものいらないな、とあっさり捨ててしまうことが多い。だからものを多く持つことは虚しいのである。

金を残すのなら喜ばれるだろう、と考えがちだが、その場合はしばしばもめ事になる。これは私がもらう、いやこっちにも権利があると、親族一同が醜く争うのだ。遺産の分け方で、兄弟姉妹がすっかり仲たがいして、トゲトゲしくなる例は案外多い。あなたは、自分の死後、子どもたちが大喧嘩して一家離散のようになってしまうことを望みますか。

だから遺産も、あんまりないほうがさっぱりしている。子どもたちに何がしかのものを残してやれば、みんな喜んで死後も慕ってくれるだろう、などと考えてはいけない。死んだ人のことなんてみんなすぐ忘れるし、そもそも死後も慕われたいという願いがバカバカしい。それよりは、生きているうちに価値あるものをどんどんやって、ありがとうと感謝されるほうがマシだ。老後は気前のいい爺さんになるべきなのだ。

と、ここまでは兼好の説く、財を残して死ぬのは虚しい、という論である。

それはまあわかるとして、人間の常として、生きてる間はものに執着しがちなものである。なかなか、もうほしいものは一つもないよ、という心境に達することはできない。五十代ぐらいの人だって、正直なところ、あれもこれも、ほしいものがいっぱいいだろう。

生きていればどうしたって所有欲がある。生活に必要でほしいものもあるし、趣味的に集めたいものもある。

八十歳にもなればもうなんにもほしくないと無欲になれるかもしれないが、五十代ならまだまだほしいものだらけだ。そういう執着心にどう折り合いをつけたらいいのか。

私の提案はこうだ。頭の中に空想の宝の箱を持とう。ほしいものは手に入れて、その箱にしまうのだ。

だが、その宝の箱にはものが一つしか入らないということにするのだ。つまり、新しくほしいものが出てきてそれを手に入れたなら、それまで宝の箱に入っていたものは取り出す。そして捨ててしまうか、誰かほしい人がいるものなら、あげてしまう。

急に盆栽が楽しくなってそれにのめりこむようになったら、前の趣味の骨董を全部処分するのだ。その次に陶芸が楽しくなったら、盆栽は処分。そうすれば、宝の箱の中には常に一つしか入ってなくて、とてもすっきりしている。カメラに凝《こ》っていた人が、それにあまり心動かされなくなったら、捨てるか、人にやる。そういう方式にすれば、余分なものは常に一種類しかなくて、死んだ時にごっそりとものを残さずにすむのだ。

◆「ムダなものを捨てる」のが上手な生き方の基本

ここでは、「死んだ時に何も残ってないのがいい」ということが語られている。

つまりは、散りぎわの見事さ、についての話だ。

人間、生まれてきた時は裸で何も持ってはいなかった。持っていたのは、おんぎゃーと泣く、つまり呼吸する能力だけだった。それが長々と人生を重ねてきて、死ぬ時には持っているものだらけなのだ。

実際のところ、人生とはものを所有するということだったのか、という気がするくらいに、人間はものや、財産を持ってしまっている。そして死んでいく。死んだとたんに、その人の持っていたものの九割はゴミになる。

まあ、お金は別ですが。お金とか土地とか株券のような資産は、誰かが相続する。誰が相続するかで大いに紛糾《ふんきゅう》することはあるが、資産を相続して悲しむ人はいない。財産の分け前があるのは誰もが喜ぶ。

しかし、その喜びは死んだ人には関係ないことだ。

あなたが死んで、あなたの息子に土地つきの家が相続され、息子と嫁は喜んでいる。しかしそんなのは、あなたの喜びではない。あなたの息子にとってはラッキーかもしれないが、息子にラッキーを残すためにあなたは生きたのではないはずだ。

西郷隆盛の言ったとされる「児孫《じそん》のために美田を買わず」という言葉の意味はそういうことだと思う。自分の子孫のために生きちゃいけないのだ。

兼好はもっと過激に、子孫などないほうがいい、とまで言っているのである。

その上、現実には相続は必ずゴタゴタの種になるし。長男と次男が憎みあったり、長女の夫が我が物顔にふるまってみんなが不快な思いをするようなことが、あなたの望みだろうか。だから、財産、資産を残したって必ずしもみんなが幸せになるわけではないのだ。

ましてやそれ以外の、あなたにとっては大切で、愛着のあったものなど、残された人にとってはゴミなのである。

骨董品を集めるなんてことも、死んでしまえばムナしいことになる。

三百万円もするほどの掛け軸が、関心のない孫にネット・オークションにかけられ一万円で売られたりする。あんなに夢中で集めた情熱はなんだったのか。

これは私自身が考えなきゃいけないことだが、本なんかも、集めてもムナしいばかりだ。

司馬遼太郎や井上ひさしのように、集めた本だけで図書館ができてしまうほどならばかなり価値があるが、私ぐらいの、雑多な本が一万冊ある程度の蔵書では、私がいなくなったらなんの価値もない。妻がしばらく私を思い出すためにながめていて、その妻が亡くなればゴミとして捨てるだけだ。

だから今すぐいらない本は捨てよう、というのは極端すぎる考え方で、そんなにムキになることはないけれど、いつかはそうなるんだということは承知しておくべきだろう。

死んだ人がものをたくさん残すのは、普通には、ムナしいだけなのである。普通でないケースとはどういう時かというと、なんらかの方法で残ったものを千年保存できたら、その時はかなり価値のあることになる。千年前のものがそっくり残っているのなら、集めたエロ本でさえ宝物であろう。

だが、私やあなたの残したものが千年残るはずはないんだから、ごちゃごちゃとつまらないものを持っていても無価値なのだ。

◆今日がもっと楽しくなる「あっさりと生きる」極意

話が少し変わってしまうようだが、私はこの段を読んでいて、ついつい「お一人さまの老後」ということを考えてしまう。

要するに、老後は一人になってしまうぞ、という脅しめいた言い方である。

なぜかといって、まず核家族化が進んだことにより、子の世代が老人といっしょに暮らしてはくれない。

それどころか、老齢化社会になっていて、養うべき老人の数が多すぎるから、子世代も、社会も、老人の面倒を見てくれない。

その上、つれあいとも、定年後の熟年離婚なんてことが珍しくなくなり、別々になってしまう。ま、それはなかったとしても、いずれはどちらかが先に逝ってしまうわけで、老人は一人になってしまうのだ。そういう「お一人さまの老後」の時代が来ると、怯《おび》えるように言う人々がいるのだ。

私に言わせれば、それは特別に怯えるようなことではなく、自明の理である。人間、最後は一人になるのだ。あまりに当然のことなので、脅しにもなっていない。

小さい子に対して、あのね、人間はいつか必ず死んじゃうんだよ、と言っているようなもので、そのとおりだけど、それはしょうがないじゃんということなのだ。老後というものは、寂しくお一人さまなのだ。まず基本的には、それを受け入れよう。

そんなにつらいことではないはずである。

生きているってことは、雑事の連続で、退屈している暇がないはずだ。

食べるものを用意し、食べたものを片づけ、ゴミを正しく分類しているだけだって半日はつぶれる。朝起きて、新聞を取ってきて、顔を洗って歯をみがいて、入れ歯をポリデントしているだけだって一時間はつぶせる。テレビも見るし、DVDで映画も見ればいい。DVDの時代になったおかげで、全時代から好みの映画を選び放題だ。

どうしても誰かとしゃべりたいなら、犬か猫を飼って話しかければいい。「十歳の時に遠足で池へ落ちたことがあってな」という話を、犬や猫がどういう顔できくか想像がつかないが。

とにかく、お一人さまで生きていけるんだし、生きていくしかないのである。その中にもきっと楽しみはあると思う。

そうなった時、ものをたくさん持っているのはきっとわずらわしいことである。ものが多すぎると、どうしたってエントロピーが増大する（ごちゃごちゃになってしまう、ということをふざけて言っているのです）。

人間はエントロピーを減少させる（整理する、ということです）能力を持った存在なのだが、ものの多すぎはしんどい。

食う寝るところに住むところ、だけあればいいのである。そのほかに、集めたものを置いとくところ、まで持ってどうなるというのか。それはゴミためのの中に暮らす、ということにほかならないのだ。

一人で、あっさりと生きよう。それが実は快適なことなのである。

言い方を変えるならば、老後になった人間は、自分が死んだ時、後片づけをする人間の身になって考えてみろ、ということである。

あなたが死んだとして、遠い縁者であるとか、とにかく誰かが片づけをしなければならないのですよ。

「うわあ、本が山ほどあるけど、こんなに古い本ではブックオフが引き取らないぞ」ということに必ずなる。

四十年も前の『宇宙の誕生の謎』という本には、もうなんの価値もないのだ。四十年前の『知的生産の技術』だって、パソコンの時代に、カードにデータを書いてどうするねん、という話になる。二十年前の裏ビデオは、今は小学生だってネットでこれよりすごいものを見てるのになあ、ということになる。つまり、あなたのガラクタは、ほとんど無価値なのだ。

何万枚もある写真も、誰も見たがらないものだ。衣類を七十リットル入りのゴミ袋に二十袋も持って、はたしてどれかを着るつもりだったのだろうか、ということになる。靴だって、どうして四十足もあるんだ、だ。女性なら必ずそうだと思うのだが、バッグや袋や小物入れなど、袋物をどうして百も集めていたんだ、である。

私は名古屋で大学を卒業してから、職を得て上京して初めの五年間、四畳半一間で生活した。上京した時持っていたものは、蒲団二組と、三十冊ばかりの本と、電気釜とスチール書棚と、カラーボックスと、冬になって買った電気ごたつくらいのものであった。シャツ何枚、パンツ何枚、胃薬と目薬とアンメルツヨコヨコなどと、全リストを書くことだってできる。

それから四十年で、なんとものだらけになったものか、である。つまり、人生の水アカみたいなものが、ゴテゴテにこびりついてしまったわけなのだ。だからせめて六十歳を過ぎたこの先は、水アカがたまる方向にではなく、だんだん減っていく方向にむかわなきゃなあ、と思うのである。

そうは言ってもそれは簡単なことではないことを私は知っている。

しかし、心の底に、どうせ一人で死んでいくのだから、無用のものはなるべく減らそうという心構えぐらいは、持っていようと思うのである。

2章

「心の掃除」「心の贅沢」が上手になる章

「人生経験」の上手な活かし方

◆まず「人に頼らない、期待しない」

人を頼るな、ということを兼好はこの段で言っている。

何かをあてにすると、あてが外れるぞ、という言い方だが、つまりは人を頼らず生きる、ということだ。

思うに、他人に助けられたり、チャンスを回してもらって人生がうまくころがるというのは、若い時にあることである。まだ若い相手であれば、未来があると思って他人も力を貸してくれる。若い人を引き上げてやるのはやりがいのあることだか何事もあてにしちゃいけない。愚かな人は、いろいろとものをあてにするから、あてが外れて恨んだり、怒ったりするのだ。

権勢がある人だからといって、あてにしてはいけない。強いもののほうが先に滅びるのだから。財産家だからといって、あてにしてはいけない。財産なんて時がたてばすぐ失われる。才能があってもあてにしてはいけない。孔子だって時勢には容《い》れられなかったではないか。徳があったってあてにしてはいけない。顔回《がんかい》も不幸だったではないか。主君の寵愛があってもあてにしてはいけない。コロッと話が変わって誅罰《ちゅうばつ》を受けることだってある。従者がついているからといってあてにしてはいけない。背いて去っていくことがある。

他人の好意もあてにしてはいけない。必ず変わってしまうんだから。約束もあてにはできない。信頼を守ることは少ないんだから。

〔第二百十一段より〕

らだ。

しかし、もう完全に大人だという相手に、誰が力を貸してくれるだろう。大人なんだもの、自分の力でなんとかせい、と思うのが普通ではないか。

たとえば、いい年をして他人に借金を申し込むような人間はダメ人間である。大人なのに、どうして他人の好意を期待して生きているんだ、である。

年を重ねて大人になったとする。ひとかどの人物にまでのし上がった人もいれば、そこまでは昇れなかった、という人もいるだろう。でも、とにかくそういう大人になったのだ。それがその人の人生で、結果はどうであれ立派なものなのである。おれはこう生きて、こういう大人になったと胸を張ればいいのだ。

それなのに、もう少し助けてもらえればもっとよくなる、と期待するのは人間としての弱さである。大人は他人に期待などしてはいけない。

誤解があってはいけないのでていねいに言おう。期待をするなというのは、自分が他人に助けられて人生がうまくいく、という期待のことである。大人はそんな期待をせず、自分の手に入れたものの上に、自分らしい生活を築けるものだ。

それで、自分が若い人の未来に期待をかけてやるのは悪いことではない。自分の子が、いい人生を送れるようにという期待は、親の情としては当然のことで、ついあれこれ気をもんでしまうだろう。それはやむを得ない。

でも、そういう期待のほうも、胸中にしまいこんで口にはしないほうがいい。期待は表に出てくると重圧になって、人を押しつぶしてしまうことがある。

だから、総じて期待などしないほうがいいのである。

もうじきあれがうまくいって儲け話がころがりこむとか、誰かが手をさしのべてくれてこの窮状《きゅうじょう》から救われるとか、きっと宝くじが当たるとか、夢みたいなことばっかり言って現実を見ない人は、実のところ弱い人なのである。

ありのままの自分で、十分に満足に生きてみせる、と考える人こそが強い人である。お金に余裕がないのならば倹約しよう。何かお金になることをさがして働こう。それしか方法はないとちゃんと知っているのが大人である。そして、病気で苦しんでいるのでない限り、なんとかやっていけるものだ。それでこそ大人なのである。

一人で無人島に漂着してしまった小学生ではないのだから、少々欠けたものがあったとしても大人なら生きていける。そして、それこそがおれも大人になったものだ、という自信と満足感である。

もし大病にかかってしまったらどうすればいいのか。その時は、ここが到達点か、とあきらめるばかりだ。できることはちゃんとやり、できないことはあきらめて、運命を受け入れる。

そういうことの可能な大人になるために、そこまで、学び、苦しみ、悩んで、迷って生きてきたのだ。そして、あなたは大人としてできあがった。あとの人生の財産は、その大人だってことなのである。

この年までまともにがんばってきて、もう失敗や敗北を恐れる気持ちはないよ、というのが逞《たくま》しい生き方というものなのだ。

◆「ムダな心配」は一切やめる

人間は自分の力だけを頼りに生きなければならないのだ。その例外は仲のいい友だちになり得ている場合の妻だけで、それ以外に頼りになる者などいないと思おう。

国はあなたを助けてはくれない。それどころか、せっせと納めた年金を、制度が破綻したと言って支給してくれない可能性すらあるのだ。年金もくれず、老齢医療も受けさせてくれない国家などをどうしてあてにするのか。国は国民を平気で見捨てるのだ。

子が頼りになる、と思っている人がいるかもしれない。そういうのん気なことを期待できる人というのは、自分が親にどれだけのことをしてやったかをコロリと忘れている人だ。

生きるか死ぬかの時に親も子もない。いやたしかに人口のバランスがうまくとれていた時代には、数多くの勤労世代が少数の老人世代の面倒を見てくれたかもしれないが、この先はヨレヨレの老人世代のほうが勤労世代より多いというようなことになるのだ。見捨てるよりほかに方法はないのである。

孫は可愛くて、おじいちゃん、おばあちゃんと慕ってくれる、と思っている人へ。孫なんてものは思春期になったら近くへ寄ってもこず、横目でチラリと見てムッツリしているだけのものになる。どう考えてもあなたがあてにしていい相手ではない。

会社の同僚は会社から離れたとたんに他人である。同年配の友人は頼ろうにもこっちと同じで生きてるだけでやっとだ。近隣の住人にどんな人がいるのかも知らない生活をしてきて、弱った時だけ助けを求めるわけにもいくまい。

というわけで、あてにしていい人などどこにもいないのである。それが当然のことなので、嘆くのもアホらしい。

それでは老後の生活が不安でたまらず、たちまちのたれ死にではないか、と言う人がいるかもしれない。年金さえもあまりあてにならないのなら、あっという間にホームレスで、冬の寒さに耐えられず凍え死んでしまうのだろうか、なんて。

どうしてそんなに悲観的になるのか。あなたは老境にさしかかる年まで、自分の力で生きてきたのではないか。時には家庭を持ち、妻子を養って生きてきた。そのためには時には少々インチキもし、時にはがむしゃらに働き、とにかく生活を成り立たせてきた。

老人になったとたんに、そういう生活力がいきなりゼロになり、何かをあてにしなければ生きていけないなんてなぜ思うのですか。

生きていけるに決まっているじゃないですか。

これまでの人生によって、貯えだって少しはあるでしょう。食う寝るところに住むところもある。大きすぎる家に住んでいる人は小さな家へ移ろう。そこで食べていくことぐらいはできるのが当たり前だ。

歩くことができて、手が動いて、字が読めるなら、なんとしてだって生きる分くらいの金はどうにかなるに決まっている。その能力もない人なら、老齢に至ることなくどこかで死んでいるはずだもの。

何もあてにせず、ひとりで立派に生きていくと、決然として思い定めましょう。あなたにはそれが必ずできるのだから。ただし、ギャンブルをどうしてもやめられないという人のことは、私は見捨てる。それは、のたれ死にコースです。

私が言っているのは、老人になったって、自分ひとりを養っていくぐらいのことは絶対できる、ということであって、何かで一発当てて何不自由ない生活をしたい、という人のことは知りません。そういうふうに考える人というのは、何もかも失ってスッテンテンと、どかっと当ててウハウハ笑いがとまらないのと、どっちかが当たるクジを引いてみるという人だ。ウハウハが一割で、スッテンテンが九割のそういうクジを引かずにいられない人のことまで面倒見ていられない。

そういうむちゃくちゃの生き方を選んでしまう人以外なら、あなたは誰も頼らなくてもひとりでちゃんと生きていけます。ここまで生きてきたんだもの、そのぐらいの能力は身についているに決まっているではありませんか。

もちろん、贅沢はできません。しかし、老後もなんとか生きていけるというのは、考えてみればそれ以上は望まないな、というぐらい贅沢なことではないですか。

◆人生後半「十分に満足して生きる」法

ここまで読んできて、徒然草というのは結局のところ、老境にさしかかったところでの生き方の覚悟を語っているんだな、という気が私にはする。

徒然草の中には私が、「この段の兼好の主張には反対だ」と言っている段もあるが、そういう段も結局はこのおじさんが覚悟を語っているんだと思えば同感できるのかもしれない。同感できないまでも、そんなところでひねくれちゃっているのか、と理解できたのかもしれない。

私と兼好の思想が同じであるか、大いに違っているかのどちらであるにしろ、徒然草が老境の覚悟を語っているのだとしたら、私はその価値を高く買う。

普通の人間は、さてこれから先はどう生きようか、などとは考えずに、うかうかと今までどおりの生き方でいこう、などと思っているものだ。そして、老境にさしかかるということは、今までどおりには生きられなくなるってことなんだと気づいた時にうろたえる。

人の名前がとんと覚えられなくなった。大ファンだったアメリカ映画の主演の役者の名前が、あんなにくっきりとわかっていたのになぜだか消えてしまった、と気づいてゾッとすることも出てくる。

足の爪を半分切ったところで、なぜ今爪を切っているのだろう、とわからなくなる。どうしておれはいきなり二階に上がってきたのだ、ということが、上がったとたんにわからなくなって立ちつくすことが出てくる。おれにはおれの頭の中がわからなくなってしまったのか。

少し歩くと、ついつい猿人のように前かがみになりガニ股になるのは背骨の疲れのせいなのか。あわてて背筋をピンとのばして歩くようにするのだが、そう意識すると歩き方がぎこちなくなる。

足がつる。こむら返りが起きる。それどころか深呼吸しようとしたら胸がつりそうになってギクリとしたことがある。この延長上で心臓がつったら、それが心臓マヒなのか。手の指がつる。手が奇怪にねじれて苛々《いらいら》する痛さだ。

老いとはそんなふうにさりげなくじわじわと迫ってくる。それに対して兼好は、老いることへの覚悟を語っているのだ。徒然草とはそういう書物なのだとわかって、急に親しみがわいてくる。

なにはともあれ、老いたって先はまだまだ長いのだ。できるだけ満足して生きていこうではないか。この段のことを考えているうちにそんな気がしてきた。

五十代からは「心」で贅沢する

◆「足るを知る」の愉しみ方

第十八段は、「ものをたくさん所有しないでシンプルに生きようよ」という内容である。兼好が力説するのは、財産や名誉を追わず、贅沢せず、簡素に生きることのすがすがしさだ。

賢い人が金持ちであったことは稀だと言うのだが、それはつまり、金を持っている奴はどいつもこいつも愚かだ、という悪態である。

ものを所有しなかった偉人の例として、古代中国の許由のエピソードが語られる。

人間は、生活を簡素にして、贅沢をせず、財産なんてものを持たないのがいい。そもそも、世間の名誉や利益を追い求めることがないのが立派なんだ。昔から、賢い人が金銭的に豊かだったことはほとんどないのだから。

古代中国に許由という人がいたが、偉い人なのに貧乏で、その上、身につけた貯えもなくて、水を飲むのにも道具がないから、手ですくって飲んでいたそうだ。その様子を見てある人が、ひさご（瓢箪）というものをあげた。それをある時木の枝にかけておいたら、風に吹かれて枝にぶつかってコンコンと音をたてる。それがうるさいといって捨ててしまったそうだよ。偉い人というのはそのぐらいものに欲をかかないものだよ。

〔第十八段より〕

この話が、あまりにも極端なのでおかしい。

貧しくて何も持っていないとは言うものの、水をくむ器もなくて手ですくって飲んでいた、というのは徹底している。そこで、誰かがひょうたんをくれたのだが、そのひょうたんが風で揺れて木の枝にあたって音を立てるので、うるさくて捨ててしまった、というのはあきれたおっさんである。

引用した部分のすぐ後に、兼好は、さぞスッキリしたであろう、と書いているのだが、そういうことだろうか。また手で水をすくって飲まなきゃいけないではないか。

この段から学ぶべきは、所有欲の虚《むな》しさ、というなかなか気がつきにくいことだ。

生きている限り、人間はさまざまなものを持ってしまう。あれがほしい、あれを手に入れたい、というのは生きる情熱のもとにもなっていて、まったくその心がない、というわけにはいかないものだ。子どもだって、何かがほしいなあと願って、クリスマスのプレゼントでもらえないかな、と期待している。

所有欲はかなり強い欲望で、ほとんどの人がそれに振りまわされるものだ。手に入れたい、溜めたい、全部集めたい、という思いがコレクションというものにつながるが、コレクションに限らず、みんなものだらけで生きているではないか。その人にとっては価値のあるものでも、他人には価値の感じられないものもあって、客観的には、ほとんどの人がゴミに周辺を囲まれて生活しているのだ。

近年、「断捨離《だんしゃり》」とか、「片づけの技術」なんてことが言われるようになってきて、過剰にものを抱えこんでしまっている生き方が反省される風潮があるが、それは、気がついたら自分はゴミの山の中で生活していた、という自覚であろう。いらないものは捨てよう、と発想を変えるだけで、身の周りがスッキリし、心までサッパリする。

ところが、それは簡単にできることではない。私はものが捨てられない性質でして、なんて言う人がいるが、ああいう人はゴミの山に埋もれているのが安心なのだろう。この集めまくったものたちが、私そのものなのだ、という感覚なのかもしれない。

しかし、それでずーっとやっていくと、手のほどこしようがなくなるのだ。

五十代まで生きた人のことを考えてみよう。その年まで生きてきていると、周囲はものだらけのはずである。たとえば写真一つをとってみても、もう一万枚ぐらい溜めこんでいるはずだ。その一万枚の写真を、見ることが何度あるのだろう。

写真に限らず、すべてのものが同じようにあふれ返っているのである。あなたの家の中は、ガラクタの倉庫のようにはなっていないだろうか。それなのに、まだ何かがほしいと思っていたりする。

五十代になったのだから、ここで一度考えてみよう。そろそろ、終わりを見すえて生きる年齢なのである。これはもういらないなと、捨てていく勇気があれば、生活はずっと快適なものになるのだ。

兼好が言うように、何も持たないのがいちばんいい、とまで極端にはなかなか考えられない。そういう実例を出されても、仙人のような人で、ある意味見事だなとは思うが、マネできるものじゃないな、と思う。まあそれが普通の人間だろう。

しかし、所有こそが生きる喜び、という感じなのは、どんなものであろう。終わりを見すえて生きようとする者には、まだそんなにガツガツとものがほしいのかと、鼻白む気持ちがするはずである。

自分の周りをちゃんと見まわしてみよう。ちゃんと見れば、自分がいかにいらないものをたくさん持っているか見えて、驚くはずである。そして、そのいらないものを捨てる勇気があれば、あなたの生活は必ず心地良いものに変る。

そろそろ、そういう所有しない欲に目覚めようではないか。所有とはある意味、虚しい欲なのだから。なぜなら、どんなに所有しても、すべてを所有したいという欲はかなえられないからである。骨董品のコレクションもエンドレスであるところがうるさい。エンドレスなものに関わるのは永久の欲求不満におちいるということだ。

死んだ時に、この人の遺品は少なく、とてもさっぱりした人生だったんだなあ、と言われるのが目標なのである。

◆ムダに「食べない・着ない・持たない」

とにかくこの話には、物を持てば生活が複雑に、わずらわしくなるものだ、という一面の真理がこもっている。

さてそこで、私たちにはこの話に込められた教訓がわかるであろうか。

そう考えていくと、とてもおもしろいことが見えてくる。

どうも我々日本人には、この話の価値が半分はわかるのである。日本人は、ガツガツと富を求めようとせず、行ないを清らかにして貧しい生活に甘んじた、という人間の話をきくと、美しい生き方だな、と思うところがあるのだ。

つまり、清貧の思想である。

立志伝中の偉人が自分のぜいたくのためには一円も使わなかったとか、経団連の偉い人が魚といえばめざししか食べなかった、なんていう話をきくと、偉いなあと尊敬する。『清貧の思想』なんて本が出るとベストセラーになったりする。

そういう、貧しい美しさが日本人は好きだ。それは時代とともに薄れている思想かもしれないが、まだ日本人の遺伝子の中に残っている。だからこそ、『名もなく貧しく美しく』や『にあんちゃん』や『一杯のかけそば』に泣けるのだ。

しかし、話はそれで終わりではない。

そんな日本人が、今やどんなふうになってしまったか、というところまで考えるべきだ。もう日本人は清貧の思想を失って、金の亡者となり、ものを所有することだけを幸福だと思っているのではないだろうか。

実は私は以前に、マハトマ・ガンディーのことを短編小説に書いて、彼の言葉に大きなショックを受けたことがある。彼の書いた『ヒンドゥ・スワラージ』（スワラージは「自治」という意味）という著作の中に、こんな文章を見つけたのだ。わかりやすくまとめた本があるので、そこから引用する。

「インドはイギリスに政治的に支配されていることが問題なのではない。ただイギリスを追い払って、日露戦争後の日本のように富強の独立国をつくり、強い軍隊を持つのが良いというのなら、それはイギリス人のいない、イギリスをつくるだけではないか。問題はそこにはない。真の問題は近代文明にあるのだ。

近代文明とは何か。それは肉体的欲望の増進を文明の表徴とみる思想に基づいている。西洋近代の基本問題は、肉体的欲望を解放したことにある。無制限の生産をたたえ、無制限の消費を歓迎した。できるだけ手足を使わずに遠くまで行くこと、できるだけ多くの種類の食べ物を食べること、できるだけ多くの衣服を着ること。このように肉体的な欲望をできるだけ満足させることを進歩だと考える思想では、真の独立はありえないのだ」

ガンディーが言っているのは、我々インド人には清貧の思想があり、それによる自負があるではないか、ということだ。ところが西洋の近代文明は、肉体の欲望を解放した消費の文明なのだと。そして、ただ消費したいというばかりの文明は、必ず戦争につながっていくと、引用した部分より後のほうで言っている。

私がショックを受けたのは、「日本が、消費文明を受け入れて強くなった国であり、それはイギリス人のいないイギリスになったということだ」と言われていることに対してである。たしかに、日本は殖産興業をし、西洋に追いつけ追いこせで大国になっていった。しかしそれは、資本主義的消費文明の国になったということだ。もう誰も、清貧の思想を実践しなくなったのだ。

ガンディーは無抵抗、不殺生なども説いたが、無所有ということも自分の規範としていた。ガンディーは、必要以上は食べない、着ない、持たないというのがもともと私たちインド人の、東洋人の文化だったではないか、と言った。より多く生産し、消費するのが幸せだというのは、西洋の物質文明であり、そのやり方は暴力と戦争につながるのだ、と主張した。そこで自分も腰布以外は身につけず、眼鏡と木の下駄以外はほとんど何も持たなかった。

兼好がガンディーのことを知ったら、必ずほめたであろう。こういう生き方こそ美しいと言ったに違いない。

だが、現代の日本人にはそういう生き方ができるであろうか。

我々は、もし何も所有しようとせず清貧の生き方をする人がいれば、立派な人だ、美しい生き方だ、と思う文化の中に生きてはいる。そういう遺伝子が消えてしまったわけではないのだ。だから子ども向けのアニメの中だって、金持ちの子で何でも持っている子は悪い子の役である。大富豪の御子息がいい人だったドラマを見たことがない。

だが、そういう文化が一方にはあっても、同時に現代人は、西洋の物質文明の中にもどっぷりつかって生きていて、所有欲に振りまわされているのも事実なのだ。

何もかも捨ててシンプルに生きよう、とはなかなか思えない。それどころか、あれもこれも欲しいものばかりである。このまま一生、物質を求めつづけて生きるのか、という気がするくらいだ。

というわけで私も、兼好の説くように、物を持たずできるだけシンプルに生きようとは言いにくいのである。つい最近も、暗いところでもきれいな写真が撮れる、というデジカメを買ってしまった。前のやつだってまだ写るのに。

結局は、あれもほしい、これも買おうと生きていくのだろうなあ。そして時に、清貧に生きる人を見た時は尊敬する。それぐらいしか我々凡人にはできないのだ。なにしろこの資本主義社会というのは、買い控えたら不景気になっちゃう、という構造になっているんだから。

◆シンプルに生きるから、人生ムダがなくなる

見まわしてみると、あなたの周りはものだらけのはずである。たとえばハサミで

すが、あなたの家にはいくつありますか。各種ゴミ取りスプレー、いったい何缶ありますか。ボールペン、五十本くらいありませんか。

この先は、だんだんものを減らしていこう、と考えてみるのはどうでしょう。肩コリをほぐす棒のようなもの、ひきだしに一杯持ってても意味ないでしょう。意味があろうがなかろうが、何かの品物を見ると持ってこずにはいられない、という人は物質依存症みたいなものでして、将来ゴミ屋敷に住むことになりかねませんよ。あれはやめようではありませんか。

年を取るごとにだんだん本当に必要なものだけを持つように整理していって、最期にはちょっぴりの物しかなかったなあ、というのが理想の生き方だと思う。そういうのって、シンプルですがすがしいじゃないですか。いやもちろん、所有欲というのは強いもので、なかなかうまくはいかないでしょうが、心構えの問題です。

一つ、変な思い出を語ります。

私の父が心筋梗塞で入院して、チチキトクの報を受けた私は意識のない父を見舞ったのだが、その夜は父の家に泊まった。それで、髭を剃ろうとした。

父は昔の人だから、安い安全カミソリというものを使っていたのだが、その十本セットが、一本使ってあるだけであと九本残っていた。私はそこから一本借りて髭を剃ったのだが、ふとこう思った。

お父さんは、あと九本は安全カミソリを使って髭を剃るつもりだったんだなあ。私が一本使ったが、八本はムダになってしまったのだなあ。

この話は、父がムダな買い物をした、という意味ではない。なかなか人は、すべてを使いきってスッキリ消えるというわけにはいかないのだな、というちょっと悲しい話である。

そういうことだってあるのだから、必要なものだけを持つようにして、すがすがしく生きましょうよ。

五十代から「ずぶとく生きる」知恵

◆一つのことを両面から考える

この段のテーマは、欲を捨てよ、ということだ。

人間には楽をしたいという欲望がある、と兼好はわかっている。人間の欲望を分類して、名誉欲、色欲、食欲があるとし、この三つ以上の欲はないと言っている。しかし、その欲こそが煩いのもとで、楽なんか求めないに越したことはない、と言う。

ここでの言い方が、求めないに越したことはない、という少し弱い調子であるこ生きている限りいつまでも絶好調か絶不調かを気にせずにいられないのは、苦を離れ、楽を得たいと望むからなんだよな。楽というのは、何かを好み、それに愛着することだ。人間は楽と欲を求めることがやめられない。

生きていく上でついつい求めてしまう欲の一つは、名声を得ることである。その名声には二種類あって、行ないが立派だという名誉と、学問ができるという名誉だ。二つめの欲は色欲である。三つめの欲は食欲である。ありとあらゆる欲の中に、この三つの欲以上のものはない。しかし、こうした欲は本末転倒の考えから生まれているもので、多くの煩いのもとになっているのだ。だから楽なんか求めないのに越したことはない。

〔第二百四十二段より〕

とに注目しよう。そんな楽を求めてはいけない、と強く断定する言い方ではないのだ。

兼好は徒然草という一冊の本（上下二巻だが）の中で、しばしば相矛盾する反対のことを言う。

たとえば、この段では色欲を、そんなもの求めないに越したことはない、と言っているのに、ほかのところでは、色欲のまったくない男は味気なくておもしろくない、なんて言う。主張が統一されてない、良いのか悪いのかはっきりさせろ、なんて思ってしまいそうになる。

しかし、実はこの不統一こそが、老境の知恵というものかもしれない。欲を捨てて、楽を求めないというのが理想だ、というのは一面の真実ではある。だが、物事をある一つの面だけから見て決めつけて語るのは、ちょっと未熟な思考なのだ。ある程度年を取った人間というのは、思考が柔軟になっているものである。

一方的に見て決めつけて、断定して、知的な結論だと満足するのは考え方が若すぎて、深さに欠ける。老境にある人は、一面ではこれが真実だ、と思っても、しかしそれは一面にすぎず、別の面を見ればその逆の結論も出せる、というところまでわかっている。だから時と場合に応じて、逆のことを言ったりするのだ。それは思考のぐらつきではなく、大人の知恵のあり方なのだ。

この段では、欲なんてないほうがよく、楽を求めないに越したことはない、というテーマで語っているのだが、同時に兼好は、でも欲はあるし、楽を求めて生きるのが人間なんだよね、と知っている。だからそのテーマで語ることもある。

こういう不統一さを、いい年をした大人は身につけたいものだ。

そういう老人の知恵は、ヘーゲルの弁証法に少し似ている。

××のことはいけない、と否定する。と同時に、しかしまた××のことはいけないとも言いきれないと、否定の否定をする。その両方を考えることにより、思考が一段階高まるのだ。それが弁証法である。

そんな難しく言うことはなくて、一つのことを両面から考えられるのが大人というものだ、と言ってもいいだろう。

名誉欲も、色欲も、食欲も、結局は煩わしさの元で、ないほうがいいなあ、と言いながら（この段ではその立場）、しかしそれらの欲がないってことはないわけで、しかたがない。

もしすべての欲がないなら、それは人間ではなくて、ロボットのようにつまらないものだ、という考えも一方に持っている。

五十歳を過ぎているちゃんとした大人にあってほしい知恵のあり方は、そういう両義的なものだということを、兼好は徒然草全体を通して、伝えてくる。そこが徒然草の読みどころなのだ。

大人の知恵は深い。

シンプルに、Aは良い、Bは悪いと決めつけていくような、一義的な知恵ではないのだ。

色欲に惑わされるのは愚かだ、とだけ考えているのではなく、しかし人間は色欲には惑うもので、その愚かさの中にこそかえって人間の魅力があったりする、と、大人なら考えなくちゃいけない。断定的思考というのは、かなり子どもっぽい思考なのである。

そんな、大人の知恵のずぶとさを、徒然草は様々に教えてくれるのである。

◆「逆から読む」「逆から考える」

徒然草は全部で二百四十三段からなっている。だからこの「楽を求めるな」の段は、最後の一つ前の段である。

最後の二百四十三段はどういう内容かというと、兼好が八歳の時に父親に質問をした話だ。

「仏とはどんなものでしょう」

「仏には人がなったのだ」

「人はどうやって仏になるのですか」

「仏の教えによってなるのだよ」

「その教えて下さった仏には、どんな仏が教えて下さったのでしょう」

「その前の仏が導いて下さったのだ」

「では最初の仏はどうして仏になったのでしょうか」

そうやって問いつめたら、父が「天から降ったか、地からわいたか」と言って笑い、多くの人に「問いつめられて困ってしまった」と話していたという内容。つまり、私は八歳でもうそんなに頭が良かった、という無邪気な自慢話だ。

徒然草全体をしめくくるのは、やっぱり自慢話か、と思えておかしい。

というわけなので、この二百四十二段こそが、真のしめくくりの段と考えてもいいかもしれない。

一つ注意しなければならないことがある。原文には楽欲という言葉が使われていて、「げうよく」とルビがあるが「ぎょうよく」と読むのだろう。この楽欲がなかなか複雑な意味なのだ。

つまりこれは、人間の心を乱す外からの刺激によって、人間の中に生じる欲望のことだそうだ。楽という字が使ってはあるが、仕事がラクではかどった、などという時の楽とは少し意味が違っていて、人生上の欲望のことが、ここで言う楽である。

だから私も、楽と訳したり、欲と訳したり、苦労しているのである。

というわけで、この段で言っている楽を求めるなというのは、人間としての欲にとらわれるな、という意味である。

そういう欲に、名と、色と、食があり、どうしてもこれを求めずにはいられないのだが、そんな欲からすっぱりと切り離されていたら、どれだけ煩わしさが少ないであろうか、と言っているのだ。

つまり、兼好は僧であるからこそ、建前としては、そういう欲に引きずられる人間をいさめなければならないのであり、こんな欲がなければいいのに、と言うしかないのだ。

しかし実は兼好は、人間にはどうしたってそういう欲があることを知っているので、「万の願い、この三つに如《し》かず」と言っているのだ。

つまり、名と色と食を求める欲は、どうしたって人間にはあって、なくなることはないとわかっているのである。

だったらいっそ、この文章を逆に読むこともできるのではないだろうか。

兼好としては立場上、そういう欲さえなければ、煩いがないのに、と言わねばならないのだが、この欲が人間からなくなることはないとわかっているのだ。だから、こういう三つの欲にまどわされることばかりは、どうしようもない、と肯定の意味に受け止めてみるのである。

◆せめて心の中だけは「欲を楽しもう」

人間は、どうしたって名と、色と、食には惑わされずにはいられないものだ。だからそれはもう、それでいいんだ、と意味を逆転させてみよう。

とするとこの段は、いきなり、欲望肯定の段になるのである。徒然草というねじくれきった書を読むには、そんな逆読みもまたありうると私には思われる。

つまりこの段は、人間の愚かさ故の業欲を、それはもうどうしようもない、と認めているのである。

人間はどうしたって、名、つまり名声、名誉というものを求めてしまう。行ないへの賞賛や、学識への尊敬である。それがないと生きていけないくらいに、名を上げることにガツガツしている。

次が色欲である。兼好が色欲に比較的寛大であることはほかの段からもわかっている。外から見てあまりにあからさまであるのはみっともないが、心の中の色欲はどうしようもないのである。

食欲も、なくなればいいというものではない。あさましいと思いつつも、我々は食べずには生きられないのだ。

だから人間、ある程度年を取ったならば、そういう欲とうまくつきあって、楽を求めていけばいいじゃないか、と兼好は言っているような気が私にはするのである。

どうしてもそうであるようにできているんだから、もうこの先は当然のような顔をして名声を求めて生きるのだ。

名声と言ったっておそらくそう大したものは手に入らないのだろうが、少なくとも私は名声がほしいんだという本心ぐらいはキッパリと承知して生きていいのだ。だってもう、それを恥じることはこれまでにやりつくしてきていて、今さらためらうこともないではないか、というところまでたどり着いているのだ。

色欲のほうも、はい実はあきれるほど強くあっていろいろと行動に現われているんです、ということを認めよう。

性犯罪と色ボケ騒動になることだけは人間として情けないことだからやめておくべきだが、ひひ爺い的に実はすけべなことはもう認めたっていいではないか。誰だって楽をついつい求めてしまうのだ。

食欲もある。さっき食べたばかりなのに、食べたということを忘れてまた食べたがるというのは少々見苦しいことでなるべくならばそういうふうになりたくはないが、一日三度ちゃんと食べたいという欲はどうしたってあって、それはそう恥ではないはずだ。

そうでない人間はいないと兼好も言っているわけであり、我々はそのように楽を求めて生きる。

◆徒然草の「五十代がますます楽しくなる」生き方

人間、年を取ったらもう楽を求めて生きていいのだし、みっともなかろうが、そう生きるしかできないのだよ。兼好さんも本当はそう言いたいんだろう。

思い返してみれば、兼好はそんなふうに、実際にはできないことばかりを説くのだが、あれは実は、説いたこととは逆に、そんなことはできん、ということを伝えているんじゃないだろうか。

何も持たずに生きたいものだ、なんて実際にやってみたらすぐ死ぬぞ。

世の中は思うようにはいかぬもの、と言ったたって、それでもこうしようと予定を立てて生きるしかないじゃないか。

そんなふうに兼好は悟り切れてない凡人を叱るように書くのだが、実はほとんどの人が悟れないってことをよく知っているのではないか。ということはつまり、徒然草はすべて逆から読むのが正しいのかもしれない。

そんなふうにさえ思える、最後の最後の「楽を求めて生きてはいけない」であって、これは、どうしたって人間は楽を求めて生きるんだよね、という反仏教者的なつぶやきなのかもしれない。

これは間違った読み方なのかもしれないが、私はそう読むことにした。六十四歳にもなって自分に楽を求める欲望があることを反省したくないし、兼好に叱られて情けなく感じるのもいやである。

ここまで読んで、清水は逆ギレしてしまったぞ、と思う読者がいるかもしれない。徒然草をどう読み、どう理解していけばいいかを考えている本の中で、兼好の言ってることを逆に受け止めてみよう、と言いだしたのだから、むちゃくちゃのようにも思えるわけだ。

しかし、徒然草はそんな読み方を許す本だと私は思う。そうとでも読まなければ、段によって言ってることが違いすぎて、矛盾だらけなのだから。すべてを真正面から受け止めていては、頭の中で論理がひっくり返って自爆するであろう。

「多少、波風が立つ人生」のほうが、深みがある

◆五十を過ぎたら「品のいいスケベ」になろう

兼好は人間（兼好の考えているのは男だけだが）に色欲のあることは肯定している。むしろ色好みの心があってこそ、人としての味わい、おもしろみがあると見ている。一応仏道にいる人としては、意外な意見である。

しかし考えてみれば、色欲はあるのがまともであり、普通のことである。私にはない、と言う人がいたらそれは嘘だ。それがあるからこそ人生に波風が立っておもしろい。そこまでは認めるしかないのである。

あらゆることに才能のあるスーパーマンのような男だったとしても、色好みの心がまったくない男では、なんか物足りない。それでは宝石でつくった杯に底がないようなもので、一見上等そうでも欠陥品だ。

男たるものはただ、色好みの心に突き動かされて、夜露に濡れてしおたれたり、あてもなく女を求めてさまよい歩いたりするものなんだ。親に意見されてもきく耳持たず、世間から非難されても心に届いてこやしない。とにかくもう、あれやこれや女のことで悩んでしまうんだが、かと言ってモテまくるわけではないんだ。ムナしく独り寝することが多くて、ぐっすり眠れる夜がなかったりする。だけど、そのくらいでいいんだよ。それが実はイケてる男ってものなんだ。

〔第三段より〕

色欲は五十代になってもある。六十代になったってある。そういうものなんだから、受け入れるしかない。

だが、五十代、六十代の色欲について、ちょっと注意しなければならないことがあると私は思う。

五十代くらいというのは難しい年齢だ。そろそろ現役ではなくなるかな、という分岐点なのである。男としての盛りはそろそろ終わり、この先はだんだん枯れていってしまうのか、と弱気になったりする。現に、若い頃のようには女性にチヤホヤされず、浮名を流すチャンスにも恵まれなくなってくる。何よりも自分の心の中に、若い頃のようながむしゃらなモテたい欲がなくなってきている。

そこで、ある種の男は変に焦るのである。おれはもう男として終わりかけているのか、というのがどうにも受け入れ難くて、情けなくて、若くて色好みだった頃にしがみつこうとする男がいる。要するに、五十代くらいの男で、とにかくもう下品なほどにガツガツとスケベを丸出しにする人がいるのだ。あれは、自分が衰えてきたと思うが故の、抑制のきかない反動なのである。

「女っ気がまったくない酒の席ではつまらんじゃないか」

「うわっ、若くてピチピチしてるねえ」

「わーっ、きれいな生足だねえ」

そんなことばかり、のべつ口走っているバカ五十代男がいる。

近年、セクハラは社会的に許されざることだ、という意識は強く定着してきているので、会社で若い女性社員にこれをやる人はいなくなってきている。今でも若い女性社員にこんなことを言ってるオヤジがいたら、大ブーイングだ。

だが、セクハラにならない場面では、あえて自分のスケベを全開にさらけ出す、というエロオヤジは珍しくない。口を開けば色好みなことばっかり口走るのだ。

あれは、自分がもう性的世界から遠ざかりつつあると焦りまくった結果の、逆ギレ的エロなので、とてもみっともないのである。

言うまでもなく、五十代でも六十代でも、心の中のスケベはある。一生色好みの思いから抜け出せるものではない。だからと言って、それをわざとひけらかす中年男になるのはよそう。みんな、ちょっとあきれて、引いているんだから。

心の中で、大人しく色好みであればいいのだ。ヒヒオヤジぶって、エロな冗談ばかりで突っ走って、オレもまだまだ現役の男だというのをほのめかすのは、悲しい悪あがきというものである。

つまり、いい年になったら、品のいいスケベにならなきゃいけない。これはなかなか難しいことなのだが、五十代になった頃から心がけるべきである。色好みの気持ちが表面上は見えず、女性に対しても紳士的にふるまってけしからんところがないのだが、決して木石ではなくて、美人といると機嫌が良さそうなおじさん。そんなところが目ざすべきところではないだろうか。

なのにむしろその逆で、年を取るほどに抑制がきかなくなってエロオヤジになる場合が多いので、それはみっともないと自制しよう。

◆「大人の色気」がある人、ない人

これは、男の色好みの心について考えている段だ。

兼好は在家とはいえ、出家しているのである。だから当然、色を好む心は煩悩であり、断ち切らねばならないと禁欲を説くのかと思ってしまう。

ところがそれとはまったく逆のことを言うので意表を衝かれる。

あらゆることに才能があったとしても、色好みの心がない男だったら、つまらないと言うのだ。それでは人間として欠陥品だよ、とまで。

人は色好みの心に突き動かされていろいろと愚かなことをしてしまうものだ。

兼好の時代は恋人のところを訪ねる妻問い婚が普通だったので、夜露に濡れたり、さまよい歩いたり、ということになるのだが、現代なら、合コンに明け暮れたり、キャバクラに通いつめたり、ということになろうか。親の意見も、世間の非難も耳に届かず、とにかくもう思い乱れるばっかりだ。

しかし、それが人間ってものなんだから、それでいいんだよと兼好は是認する。到底解脱できてない凡人にとっては、ホッとする言葉だ。

ところがそこで兼好は、男はそんなふうに女に対して心を乱しているのだが、それほどモテるわけじゃないんだよね、と言う。ムナしく独り寝をすることが多く、悶々《もんもん》としておるんだが、それでいいんだよ、と。

なんとなく、実際にはそれほどモテない男に好感を抱き、モテまくる男を憎んでいるようなニュアンスがある。さては兼好先生もあんまりモテたわけじゃないので、モテる男を嫌っているんだな、なんて気がする。

たしかに、ほとんどの男はフラれてガッカリ、ということも多いわけで、やたらにモテまくる男がいると、ちょっとおもしろくない。口では、うらやましいですなあ、と言いながらも、内心では、軽い男だなあ、とか、そんなことしか考えてないバカ、なんて軽蔑したがる。要するにひがみ根性であろう。

だが考えてみると、人間は望むほどにはモテないものなのである。なぜなら、モテたいという欲は無制限なので、望んだだけかなうということはありえないのだ。

色欲を断ち切ることのできない男というものは、そのせいで数々のガッカリも味わわなければならない。

そこまで含めて、それが男ってもので、いいじゃないかと兼好は肯定しているのである。

欲を捨てて聖人になれ、なんて言わないところが、とても受け入れやすい意見だ。色を好む心、についての話だから、この段は若い男だけに語っているのかと思いがちだが、中年になろうが老境にさしかかろうが、人間の本質は同じなのだから、このままあてはまるのだ。

たとえいい歳をしていたって、色香というものには惑わされる。

「もうこの歳になると、そういうスケベ心はすっかり枯れてしまったよ」なんて老人が言うことがあるが、あれは嘘である。

ある地方都市の若くて美人の銀行員から、こういう話をきいたことがある。

一人の老人が、毎日のように私を訪ねてやってくる、というのだ。そして預金を、定期にしたり、積み立てにしたり、それをまた解約したりとひねくりまわし、いちいち相談にのってやらなきゃいけないんだと。

その女性銀行員は、「老人で話し相手がいなくて寂しいんでしょうか」と言っていたが、その爺さんは美人のあなたが好きになって、相談しているのが楽しいんだよ、と私は思った。年を取っても色好む心がなくなるということはないのだから。

◆何歳になっても「男は女の色香に勝てない？」

実は、徒然草の中には人間のスケベ心についての段がもう一つある。

兼好はそのことを、とても人間臭くて、仕方がないことなんだ、と思っていたのだろう。そして、悟りきったような顔をした僧侶なんかが、色欲を愚かな人間の迷い、のように語ったりするのを見て、インチキ野郎め、と思っていたのかもしれない。

もう一つの色欲論である第八段の一部分を、翻訳して紹介してみる。

［第八段　色欲には心が惑うよ］

世の中の人の心を迷わせるものとして、色欲にまさるものはない。人間はついつい色をむさぼってしまう。人の心とは愚かなものだよ。（中略）

空を飛んでいた久米の仙人が、洗濯物を足で踏んで洗っていた女のふくらはぎが白く美しいのを見て、神通力を失ってその女の前へ落ちたという話が『今昔物語』

の中にある。

その話など、女の手足や肌が美しくて、ムッチリ、ピチピチしているのは、飾っているから美しいわけじゃなく、肉体自身の美しさなんだから、どうしようもないことなんだよなあ。


ここに出てくる久米の仙人の話は、女の色香に惑わされる話としてよく出されるものだ。

白状しよう。私は以前から、この久米の仙人の話を当然のことじゃないか、と思っていた。仙人だろうが何だろうが、女の脚がチラリと見えてしまったらグラッとするものだ。表面上は何気ないそぶりをしたとしても、内心では、おーっと、と思うものなのだ。

私は割に最近、この久米の仙人の話とよく似た体験をしたので、少し照れ臭いが告白しよう。

箱根で、施設めぐりバスに乗ったのだ。私と妻が乗り込んだ時、座席は乗客で埋めつくされていて、柱につかまって立っていなければならなかった。それはよくあることでそんなに苦痛ではない。そこで私は、終点でしか開かない降り口の前に立って、柱につかまっていた。そして、ちょっとラッキーかも、と思ったのだ。

というのは、立っている私からよく見える席に若い男女が並んで座っていたのだが、その二十歳ぐらいの娘さんがミニスカートをはいていて、生足が見えていたのだ。どうしたって、チラリチラリとそっちを見てしまう。

ところが、バスが山間部にさしかかり、右に左にと大きくカーブするようになった。かなり大きな力を受けるから、必死で柱にしがみついていなければならず、それでも体は大きく揺れた。そうしたら、ふいに生足の娘さんが立ちあがり、私に「良かったら座って下さい」と言ったのだ。

とても複雑な気持ちになった。

乗り物の中で席を譲られることは、このごろたまに経験するようになっていて、老人だと思われてしまった、というショックは受けない。むしろ、譲ってくれようとした人がバツの悪い思いをしないようにと考え、ありがとう、と言って座るようにしている。

この時は、娘さんに続いて青年も立ってくれたので、妻に、席を譲ってもらえたよ、と声をかけ、二人でありがとうと言って座った。

複雑な思いはそのこととは別にある。

老人が立ってグラグラしているのを見て、席を替わろうとした若者に対して、優しくていい人だなあと感心をしたわけだ。素直に感謝もした。しかし、その娘さんの生足を、チラチラ見てた、という事実が一方にある。

こんないい子に何をするねん、というような反省だ。

兼好の言うとおり、人の心を惑わすのに色欲以上のものはないなあ、と苦笑するしかないではないか。

◆「女は好きだが女狂いはせず」

それにしても、徒然草は男が色欲に惑わされることに寛大だが、これを現代人がそのまま受け止めていいのか。

男というものは女には惑わされ、いろいろと愚行をしてしまうものだが、しょうがないよ、ということだろうか。たとえば、結婚して家庭を持っている男が、それでも色好みの心は捨てられなくて、あれこれ愚行を重ねるというのは、浮気をするとか、不倫をするということだ。それもまたしょうがない、ということなのか。

兼好の時代ならば恋人がふたりいても、どちらにも手厚くするならそう悪いことではなかった。だが、現代では家庭の縛りがかなり大きい、という社会構造の違いがあるのだ。だから、そう寛大に考えるわけにもいかないところがある。

しかし、私はここで浮気のいましめ、みたいなことを書く気はない。男が書いて、それほどウソ臭い文章はないからだ。

私の見るところ、浮気って、しないタイプの男はしないが、するタイプの男は絶対にする。だからあれこれ言うのはアホらしいのである。

ただ、子どものある男は、浮気する時に子どものことを思い出そう。家庭が崩壊した時に、子どもって心がズタズタに傷つくのだから。浮気がバレたり、こじれたりするのは子どもに対する罪だということを、わかった上でうまくやってほしい。

それともう一つ、現代だからこそ言っておきたいことがある。それは、いくら色好みの心には惑わされてしまうものだよ、と言ったって、犯罪になるところまで溺れちゃいかんよ、ということだ。現代は刺激の強い時代で、うかうかとそれに溺れていくと、簡単に犯罪になってしまうのだ。

六十歳を超した老人が痴漢でつかまったとか、盗撮をしてバレたとか、セクハラで訴えられた、というようなニュースがいっぱいあるではないか。あれは人生がパーになるからやめよう。男は色には迷うものだよ、なんて言ってられる場合じゃないんだから。

女は好きだが女狂いはせず、内心にはスケベ心もあるが、それが誰の目にも見えというわけでなく、女に軽く見られることのない男でいたいものだ。

ありゃりゃ、徒然草みたいな言い方になってしまったなあ。

3章

五十代ならではの「頭の使い方」ができる章

「年相応の物腰」を身につける

◆教養は「さりげなく見せる」

年を取っていて、身についていてほしいものが「品位」や「教養」である。それがない老人はとても情けない。

はっきり言うと、若いってことは教養がないってことだ。たとえ学問があっても、人生経験がないので教養というほどのものはない。ただ熱っぽく生きているだけで、そこが若さのいいところだ、とも言えるが、年を取ってきてまだそのままでは情けないことである。

長いあいだ離れていて、しばらくぶりで会った人が、自分のほうにあったことを、次から次に全部語ろうとまくしたてるのは、良くない。いくらよく知ったへだてのない相手だったとしても、久しぶりに会った時には、ちょっと遠慮する心が生じるものだろうに。

品位や教養のない人ってのは、ほんのちょっと外出しただけでも、今日こんなことがあったよと、息もつがずまくしたてておもしろがるのだよ。あんなふうに、夢中にはなりたくないものだ。

〔第五十六段より〕

なのに、「品位」も「教養」も、それどころか「好奇心」も「向上心」もない老人が、残念ながらいる。そういう人というのは、人生のさまざまな場面を、何も考えずにただがさつに生きてきたのだろう。だから何の味わいもないただ老いている人、になっているのだ。

そう考えてみると、「品位」や「教養」のある老人になるためには、ちゃんと人生の味わいを感じ取って生きよ、ということだ。関心を持ち、好奇心からそれを調べ、わかる喜びを味わい、しかも自制してハメを外さないようにする。それが「品位」や「教養」のある人に見える道である。

ここに、自制という言葉が出てきたのを留意してほしい。兼好がこの段で具体的に言っているのは、自制の欠けた人には「品位」や「教養」が感じられなくて、見苦しくて、うんざりするよ、ということだ。

ところが、人間は年を取ると自制が弱くなってくる、というのが普通なのだ。酒に酔うと自制がゆるんでつい失敗をしてしまいがちだが、年を取るのもそれに似ていて、自分に甘くなり、自制がゆるみがちだ。老人のいつもの自慢話とか、私はこういう人生観で生きているという話の押しつけとか、周りのすべてがバカに見えるという話の繰り返しは、自制というタガが外れて出てくるのである。

だから、年老いて「品位」や「教養」があるのは実はとても難しいことなのだ。でも、努力して自制しよう。ボケ老人のいつもの自慢がまた始まったよと、笑われるのはつらいではないか。

若いうちは、すべてのことに対して欲があってギラギラしている。それはいい感じのことでもあり、愚かしげなことでもある。そんなに肩肘張っていちゃ苦しいだろうに、とか、ポキンと折れちゃうぞ、と思う。

老人は、その欲が薄れてきているのが好都合である。別に今さら、時の人になって話題の中心にいたいとは思わないではないか。若い女性に、素敵だわ、と言われるのはいくつになっても嬉しいことだが、若い時のようにそればかりを必死で望んでいるわけでもない。

私はこういう私だよと、自然体でいられるようになっているものだ。だから、自制がきくというのも一方の事実なのだ。

言いかえれば、「色気」がありすぎるうちは「品位」がそなわりにくい、ということである。人間も五十歳を過ぎたら、そんなにギラギラとした色気はなく、だんだんと枯れてくるものだ。私が私が、としゃしゃり出る気もなくなって、自然体でいられる。

そこに「品位」が感じられるのである。

「教養」のほうは、いつの間にかかなりそなわっているのが普通である。人生は学習の積み重ねであり、もう長く生きてきたんだもの、いろんなことが頭の中にたまっていて当然なのである。

なのにまれに、あきれるほど教養のない老人がいなくはないことを、私は知っている。

どうもああいう人は、人生のどこかで、知ったかぶりをする嫌味な人間を見て、ああいうふうにはならないでおこうと、強く決めすぎちゃったのだろう。それで自分で「教養」に背を向けているのだ。

年寄りなんだもの、自然に物知りでいましょうよと、私は言いたい。

◆人前で話す時は、大勢の中の一人に話す

要するに、しゃべり方でその人の品位がわかる、という内容の段だ。

久しぶりに会った相手に、自分のほうにあったことを一つ残らずしゃべりたてる人がいるが、あれはげんなりである。久しぶりなんだから、少し気おくれするっていうのが普通ではないか。あったことを全部しゃべろうとするのは、教養のない人だよ。

ということを兼好は言っている。おおむねまっとうな意見だと思う。

そもそも、話をしていて気持ちがいい人とは、こっちの話をうまくきいてくれる人だ。もちろん会話とは言葉のキャッチボールなのだから、相手の話もきかなければならない。それがほどよく半分くらいずつなのが理想である。

余談。以前にテレビ放送されていた『結婚できない男』というドラマで、ヒロインの女医がこんなセリフを言った。

「あなたと私って、会話が言葉のキャッチボールにならなくて、ドッヂボールになってしまうのよ」

あれはうまいセリフで感心したなあ。ところが、ともかくもう自分だけ話をまくしたてる人がいて、たしかにそういう人にはうんざりする。

もう一つ余談。一般的に言って、男性よりも女性のほうが言語能力が高い。これは男性脳と女性脳の違いによるものだと言われている。そのせいで、女性は自分に関心のない話であっても、きいているふりをして、うまくあいづちが打てる。

そこで私は発見したのだが、若い女性が、自分には関心のない話に、どうあいづちを打つかだ。これはおもしろいですよ。

若い女性は、どうでもいいなと思う話に対しては、「そうなんだあ」とあいづちを打つ。だから若い男などは、勘違いをしてしまう。自分がした話に、女性が「そうなんだあ」と言ってくれるので、関心を持ってくれたんだな、と思ってしまうのだ。

残念でした、その女性はあなたの話には関心がありません。もし関心があるならば、「そうなのよね。それで逆にこういうこともあるの」などと話はつながっていくのである。しかし、それを区別するのは男性には難しいのだ。

徒然草に話を戻そう。

引用した部分の後に、兼好はおもしろいことを書いている。

品位ある人というのは、大勢を前にして話していても、実はその中の一人に語っているというのだ。それを周りが拝聴するのだと。

その逆に品位のない人は、誰にしゃべるというわけではなく、満座の中にしゃしゃり出て、みんなに語りかける。すると周りの人間も口々に何かを言ったり、大笑いしたりして、一見盛り上がっているかのように見えるが、ただみんながわめいていてうるさいだけなのだそうだ。

さすがは兼好で、おもしろい観察である。たしかに、そういう傾向があるかもしれない。大勢の人を前にしても、その中の一人にしゃべりかけるのがいい、というのはなかなかの教訓で、心掛けていいかもしれない。

というわけで、この段で兼好の言っていることにはおおむね賛成できる。なかなか良いお叱りですなあ、と感心した。

◆「男の老化現象」は話し方でわかる！

ところで、私なりに考えてみたのだが、この段の教訓はとくに老人にきかせるべきものではないだろうか。

老人って、つい自分のことをしゃべりたがるものなのである。人の話をきかず、自分のことをひとにきかせたがる。それが老化ということなんだと言ってもいいくらいである。つまりそこには、もう誰もおれの言うことをきかんのか、という怒りと怯えがあるのだ。

だから、とくに男性が、定年で職から離れた時に、独善的おしゃべりになりがちである。

そういう時というのは、自分ももう現役の時代が終わり、中央から外れたんじゃないか、という弱気がさし、その弱気が、無理強いの強気を呼び招くのだ。だから自分の考えばかりを大声でまくしたてるようになる。

それについて、私には思い出がある。

今はもう亡くなっている私の父が、六十歳を過ぎて仕事からリタイアした頃のことだ。それまでどちらかと言えば知的で物静かだった人が、その頃やけに大きな声を出して、命令口調でしゃべりだしたのだ。あれはこうすればいい、あっちはほうっておけばいい、などと断定的に命令する。私の母に対しても怒鳴りつけるようにしゃべった。

その頃、親戚の葬式があったのだが、父は異様にハイになってしまった。

もともと七人兄弟の長男だった人で、弟や妹たちから尊重されていた。兄貴には世話になった、とか、清水家の平和は兄貴を中心に築かれている、などと言われてきていて、父もそういう自負を持っていたのだ。

ところが、仕事からリタイアすると、男というものは不安になってくるのである。もう自分がリーダーではないと、みんなも思っているんじゃないだろうかと、心細くなる。だからこそ、命令しだすのだ。

父はその葬式について、こういう段取りで進めればいい、ということを大声でまくしたてた。みんな、ちょっとうんざりしてしまったほどだ。

つまり、男として焦りがあったんだろうな、と私は分析している。

自分が、男として現役でなくなり、誰も尊重しておらんのではないか、ということに男はすごくナイーブなのだ。もう自分の出る幕はない、なんてことに神経質で、その弱気をふきとばすために、大声で私に従えと言いたくなるのだ。その当時、私の母が父について、あんな人だとは知らなかった、と言ったぐらいである。

その私の父の場合、三年間ぐらいその、おれの話をきけ的まくしたて時代が続いた。そしてある時ふっと、その感じがなくなったのだ。そして、今はそういうことをどうするのが正しいのか、おれにもよくわからんのだよ、などと言うようになった。あれは父が、自分が老人であることを受け入れた瞬間だったかもしれない。以後は、静かに人とやりとりできる柔和な人に戻った。

だから、男性で、いよいよ老いを迎えるあたりの人は、兼好のこの段の教えをなるべく思い出すようにしよう。あったことをすべてべらべらとしゃべらずにいられないのは、品格のないことなのである。

五十代からは「怒ったら負け」

◆アテは外れる。だから人生おもしろい

この段で兼好が言っていることは、人生は想定外のことばかりだ、ということである。予定を立てていても、なかなかその通りにはいかないものだと。

確かにそういうことが多いなあ、と思うが、それなら想定外のことにどう対処すればいいのかを考えてみよう。いちばん大切なことは、想定外のことにたじろぐな、ということだろう。兼好も言うように、想定外のことは少しも珍しくなく、むしろそんなことばかりなのである。それに対していちいち驚き、嘆き、うろたえていた

今日こそはあのことをやってしまおうと思っていると、思いもかけない急な用事ができてそっちに取りまぎれて予定が外れる。来ることを待っている人には差しつかえができて来なくて、期待もしてない人が来たりする。期待していたことは思うようにならなくて、思いもよらない方面だけはうまくいったりする。面倒そうだなあと思っていたことはすんなりうまくいって、あれは簡単にすむだろうと思っていたことがひどくわずらわしいことになったりだ。

日々の過ぎかたは、あらかじめ予想していたのとは大違いなものである。一年の暮らしもそういう予定外ばかりだが、一生の生き方もそれと同じようなものである。

〔第百八十九段より〕

んじゃ生きていけないのだ。

たとえばこれは私の父がその昔、実際に体験したことだが、五十九歳になって定年まであと一年という時に、小さな会社から、部長並みにするから来てほしいと誘われた。父は、そこへ移れば定年延長のようなことになると考えて移籍した。そうしたらその小さな会社の社長がとんでもないワンマン体質で、父をただ看板代りに引き抜いただけだとわかったのだ。気風があまりに合わなくて、父は一年我慢しただけでその会社をやめた。つまり、定年延長計画は失敗に終ったのだ。

まさに想定外である。

しかし父はそんなにはガッカリしなかった。予想外だったなあと苦笑いしていただけである。

想定外のことなんていくらだってあるのだから、くよくよしたって始まらないのだ。おっと、そうくるか、と笑っているのがいいのである。

考えてみれば、すべて自分の想定通りの人生なんて少しもおもしろくない。全部予定した通りにいく人生は、ノルマをこなしているだけのような感じになる。次はお客が来て一時間商談で、そのあと三十分散歩して、その次二時間会議ですなんてのは、ノルマ人生だ。

なにっ、あれが予定通りに完成しないのか、さて、どう乗り越えたものか、と、少し追いつめられ、冷や汗たらして考え、なんとか乗り切っていく。それが人生の醍醐味《だいごみ》というものである。

人間も五十歳を過ぎたら、そのくらいのフレキシビリティを持っていたいものだ。それを言葉にしてみると、融通無碍《ゆうずうむげ》ということになる。受験するというのに受験票を忘れてきた受験生なら、とぼとぼと引き返すしかないのだが、人生経験もいっぱいあってその無策ぶりはないだろう。誰を相手にどう交渉すればここを切り抜けられるか、と考えて、あたってみるのも一手だ。

そもそも、そんなにかっちりと予定を立てないほうがいいのである。予定を立て、うまくいくことを期待していると、外れた時にショックが大きい。うちひしがれたりする。

他人がからんだ事柄は、どうころぶかわからない、というのが実際のところだ。

むこうにはむこうの思惑があるからである。

だから、ガチガチの予定は立てないことだ。

こうなるかなあ、ぐらいの、あやふやな見通しぐらいで生きていくのがちょうどいいのである。

それで、予定が外れた時は、なるほど、そんなこともあるわけか、と苦笑すればいい。そして、さて、それではどうするのがいいか、と知恵をしぼるのだ。たいていのことは、それでなんとかなるのだから。生きていくってことは、こうやって不測の事態を乗り越えていくってことだな、と思って。

ここで私が言っていることは、兼好が言いたかったことからそんなに離れてはいないと思う。兼好はただ、人生は予定通りにいかないことばかり、と言ってるだけだが、だからそこをなんとかしていくしかない、ということを書かずして伝えているのだから。

兼好としては、予定通りいかないことが多いが、それだからこそ人生はおもしろく、生きていくはりあいがあると言っているのだと思う。

◆「腹を立てても仕方がない」と自然に思える話

今日あれを片づけよう、と思っていると思いがけない急用ができてできなかったり、待ってる人は来なくて、来ないでいい人が来たりする。うまくいってくれと願うことはダメで、どうでもいいことはうまくいったりする。あれは面倒でてこずるだろうなあ、と思っていたことが難なくできて、あれは簡単だと思ってたことに手間どったりだ。

この、いくつかの例のたたみかけはとても芸になっていて、読んでいて心地いい。名文だと言っていいだろう。

そして、毎日の生活というのは予定していたとおりにはならないもので、一年を振り返ってもそうだが、実は人の一生もそういうものなんだよ、とくる。うまい、と声をかけたくなるほどの、テーマを見事に言い切っている段だ。この段はもう少し続いていて、次のような結論になっている。

「じゃあ前もっての予想がすべて食い違っていくのかと思うと、中には予定どおりすんなりいくこともあるから、まったくもう物ごとは定めにくい。要するに世の中は万事どうなるかわからない、というのだけが真実で、そう心がけていれば間違いもないのだ」

しかし、ここまで読むと、兼好が何を言っているのかさっぱりわからなくなってしまう。

未来のことは予想できない、と言いたいのかな、と思うと、予想どおりになることもある、とくる。

すべてのことは、どうなるかわからない、と心得ていようというのは、要するにどう生きればいいのだ。それって、何も考えずに生きよう、と言ってるみたいなものではないか。

生きていくってことは、ただ流されていくってことではないんだぞ。

つまりこの段に書いてあるのはレトリックにすぎないのだ。仏教者らしい、すべてを悟って受け入れよう、という文章上のレトリックである。でもって、実際には人間そんなふうに生きられるものではないし、そんなふうに生きようと思ってもいけない。

今日やろうと思っていたのに、邪魔が入ってできないことはままあるけど、だからこそその次の日には、いよいよ今日必ずやろう、と考えるものである。そう思っても思ったようにならないこともあるから、すべてのことに予定を立てるな、というのは暴論だ。

来ないかもしれないから人を待つな、というのもむちゃくちゃな話だ。来ないかもしれないけど、人を待つことはある。いいじゃないか待ったって。

実際にはどうなるか定まってはおらんよ、と言ったって、人は予定を立てるのだ。子どもは夏休みの計画表をつくるのだ。青年は人生設計をし、サラリーマンは予定をメモする。たとえどうなるかわからない一面があろうが、そうやって生きるしかないのである。

この段をなるべく好意的に読もうとしてみれば、人生はなかなか思うようにはいかないが、カリカリしなさんな、というところか。

◆怒りそうになったら「兼好法師の言葉」を思い出そう

たとえば私の人生で考えてみよう。

私は小学生の頃から、なんとなく小説家になりたいなと思っていた。それで、大学への進学率の高い高校へ入った。小説家になるには大学は出ていたほうが良い（小説の修行時代が長くとれるから）と思ったからだ。

そうしたら高校の同じクラスに、創作ごっこをしている連中がいたので、仲間に入れてもらい、同人雑誌を出す会をつくった。仲間がいればいろいろ刺激を受けるし、創作のトレーニングにも打ち込める、と思ったからだ。想像したとおり、仲間に見せようと思えば長いものも書けるし、そのせいで文章力もいくらかついた。

受験勉強嫌いのせいで一年浪人したのは誤算だったが、一年遅れてなんとか大学生になった。その時、一期校では文学部を志望したのだが、そこには入れなかったので、二期校の教育大学の国語科に入学した。そこなら、文学にも近いだろうと計算したのだ。

日々に過ぎゆくさま、かねて思いつるには似ず、というのとはまったく違う生き方である。計画的に、少しずつ小説家に近づいていく生き方を私はした。

教育大学を卒業したのに、学校の先生になる道を選ばず、上京して小さな会社に入ったのも計画的だった。名古屋で先生をしていてはきっと小説家になれないだろう、東京という情報の多いところへ出て、ひたすら修行したほうが可能性が大きい、と考えたのだ。

さてそこで、不器用なところもあるせいで、十年間も芽が出ず、サラリーマンをつづけなければならなかったのはちょっと誤算だった。だが、その十年間一度もあきらめずに小説を書きつづけていて、ついにチャンスを得て私は私の本を出すことができたのだ。

希望を持ち、その方向へ努力し、予定どおり夢をかなえたのだ。ぼーっとしてたら小説家になっていた、というわけではない。

私の例はコケの一念のように小説家にこだわっている点で少し珍しいかもしれな

いが、どんな人だって似たような人生設計をして生きているはずだと思う。

理系に進もう、とか、製造業の会社に入りたいな、とか、出世のためにはどうがんばるか、と考えて生きている。それが普通のことではないか。

たとえば私だが、今、東海地方の食べ物について書くエッセイの連載を持っているので、名古屋の名物でまだ食べたことのないものをまとめて食べてこようと、名古屋へ行く計画を立てている。人はそんなふうに、予定を立て、予想に基づいて生きているのだ。

世の中は思うようにはいかないものだよ、と口走って、ただ流されるままに生きるというわけにはいかない。

だからこの段は兼好の悟りの境地が書かれていると思って読むべきだろう。

老境にさしかかった（と本人は思っている）賢人が、自分の人生を振り返って、いろいろと思うようにならなかったことも多いが、世の中とはそういうものなんだから仕方がないんだ、と自分を責めるのではない考え方を書いているわけだ。それは世捨人には似合いの考え方である。

だから、この段は予定が狂って、物事がうまく進まなかった時に読むと良い。あれもこれも、期待していたことはすべて期待外れに終わってしまったなあ、という気がする時に、ま、それが世の中というものだよ、と自分に納得させる時にいい名文だ。

これはそういう、消極的な知性の文章なのである。

だから、何かにガッカリした時に読むべきで、いつもいつもこういう気分でいよう、と思ってはいけないと思う。

常にこの気分でいると、何かをやろう、という意欲がわいてこない。予定を立ててみても、いろいろ邪魔が入ってうまくいかないことが多いもんなあ、と考えてしまい、どんな予定も立てずに生きるのであればそれは根無し草ではないか。あまりに活力というものがなさすぎる。

兼好がここに書いているような悟りは、いろいろわずらわしいことがあってうじうじ悩んでしまった時に、大声で、「関係ねえや。どうせ死んじゃうんだ」と叫ぶのに似ている。

たしかにそれは確実なことで、そう叫ぶことによって、その時の悩みがどうでもよくなるのならば、一応意味ある叫びだ。くよくよしていたのがすっとして、暗雲がすっと晴れるような気分になれるかもしれない。

しかし、いつもそう考えていてはいけない、というのはあらためて言うまでもなく自明の理であろう。

徒然草のこの段は、落ち込みそうになった時だけに読むのがいい。いろいろな失望が、大きな悟りによってふき飛ばされてよろしい。

人間の小ささ、その力の弱さを知ることが何よりの力づけになることもあるのだ。これはそういう段である。

退屈な人、おもしろい人、頭の使い方の差

◆定年になる前に「新しいことを一つ」始める

年を取ってきて、自分にはやりたいことが何もない、と気づいてアセる人がいる。会社ではまあ熱心に働いてきたが、振り返ってみて、仕事以外は何もしてこなかった、と気がつくのだ。そこで、これでは定年を迎えた後、何もすることがないぞ、とそら恐ろしくなるわけだ。

老後を、何もしないで過ごすのはとてもツライものである。人間は、したいこと、するべきことがあるから建設的に生きていられるのであって、何もしなくていい、

老人になったらそれから仏道の修行をしようと考えて、年を取るのを待ってはいけない。どうしてそれを待ってしまうのだ。

古い墓は、その多くが若くして死んだ人のものだ。同じ頃の人で、墓が古いのは早く死んだからだもの。そういうこともあって、若くたっていつ死ぬかわからないではないか。

思いがけない病気になって、急にこの世を去らなければならなくなった時に、はじめて過去の誤りが思い知らされるのだよ。その誤りとは、ほかのことではない、迅速にしなければならないことをゆっくりとして、ゆっくりでいいことを急いでしてしまったなあと、過去のやり方を後悔するのだ。その時になって後悔してもどうにもならぬことである。

〔第四十九段より〕

となったらただもう退屈でたまらない。そんな退屈には人間は耐えられないのだ。

それが生きるということの真実なのに、そこから目をそむけている人が多い。そして、そんな人は気楽に、いやそうなったら趣味を見つけてそれに打ち込みますよ、なんて言うのだ。旅行をします、写真を撮ります、本を読みます、蕎麦を打ちます、なんて。

だがその考えは甘い、と兼好は言っているのだ。

定年になるのを待って、まだ始めていないのがいけないのだと。

老後にやることがあって退屈しないですむ人というのは、そうなる前に既に始めているものなのである。いくら仕事が忙しくたって、意欲のある人ならばちゃんと好きな遊びもしている。そういう甲斐性のある人だけが、老後もやるべきことを持っているのだ。

定年になったら趣味を見つけよう、なんて考える人は、きっと何をやってもおもしろくなく、続けられなくて、退屈すぎてのたうちまわるのだ。

いつか始めよう、と考える人は、結局何も始めない人なのだ。いつか、というのは今ではなくて、この先、ということなのだから、ついに始めるべき時をつかまえそこなう。

　やる人というのは、やりたいなと思った時にすぐ始めるのだ。時を待ってはいけない、と兼好は説く。そして、人間は思いがけなくはかなく死んじゃうんだから、とくるのだが、その脅しにはそうビビらなくていいと思う。兼好は仏道の人なので、人間は死んじゃうぞ、ということを強調して言いすぎるきらいがあるのだが、そう死ぬことばかり考えることはない。

　簡単には死なないのだとして、だからこそ、することが何もないのは厳しいのだ。私の場合で言うと、私は五十歳の時トルコへ行ったことがきっかけになって、イスラムの国に興味がわき、五十代の十年間でイスラム国を十カ国旅行した。仕事だってまだ忙しかったのにである。

　人間も五十歳にもなったら、自分が何をしたいのか知っていなければ愚かすぎるというものなのだ。それでもまだ、私は仕事が生きがいだ、なんて言ってますか。仕事はあなたが選んでしていることではなく、与えられてしていることなのだ。そして、やがて与えられなくなるのだ。

だから仕事がなくなる前に、やりたいことを見つけ、始めよう。まず、カルチャー・スクールのパンフレットを集めるのもよい。遊びの道具、たとえばカメラとか、バイクとか、植木鋏などを買うのもよい。楽器を買うのもいいかも。

とにかく、五十代の人間はもう、自分のもう一つの生活を始めていなければならない。あなたとしては言われたくないことかもしれないが、会社の仕事なんて人生の全時間をかけてやるようなことではないのだ。あなたが力を抜いて、これまでの集中力の半分で働いたって、会社の仕事なんてできてしまうだろう。その程度のことなのだ。

だから、今すぐやりたいことを始めよう。

すぐにはやりたいことが見つからないという気がするのなら、それはあなたがこれまで積極的に見つけようとしてこなかったからである。人間は実は何もしないでいることが嫌いなのだから、捜せばやりたいことは必ず見つかるのである。そして、先送りせず、今すぐそれを始めましょう。

◆人生の時間配分を変えると、若返る！

兼好は最初の一文で「あれっ」と思わせて読み手を巻き込むことがうまい。ここでも、「年を取ってから仏道の修行を始めようと思って、それを待っちゃいけないよ」とくる。それって、多くの人が思っていそうなことで、ひやり、として引き込まれるのだ。

そして兼好は次におもしろいことを言う。

古い墓は多くが、若くして死んだ人のものだ。なぜって、早く死んだからもう遠い過去のことであり、墓も古いわけではないか、と。

考えてみると、これって間違いである。

古い墓は古い昔の人の墓であることが普通なんだから。たとえば、同じ年に生まれた二人の人の墓を比べるならば、若くして死んだ人のもののほうが古い。それはそうなんだけど、墓って、何年生まれの人のものを集めて並べる、というわけではないんだから、古い墓は若くして死んだ人のもの、というふうにはわからない。

古い墓は、古い昔の人のものだから古い、と考えるほうが普通だろう。

でも、古い墓は若くして死んだ人のもの、という論理も限定的条件（同じ年生まれの人の墓を並べる、など）のもとでは成立しなくはなくて、おもしろいことを言うなあ、という気はする。

そして、そうだなあ、若くして死ぬってこともあるんだから、修行は老人になってから、なんて思っていちゃいかんよなあ、と思わせるのである。すごくうまい。

その次が、思いがけなく病気になって死が迫った時、後悔することがあるよ、だ。

それはどういう後悔かというと、人生を振り返ってみて、急いでしなきゃいけないことをゆっくりやったり、ゆっくりでいいことを急いでみたり、時間配分が間違っていたなあ、という後悔だという。

このあたり、人の心の中を見透かすように迫ってきて、ものすごく説得力がある。そう言われたら誰だって、そういうことがあったなあ、と思ってしまうだろう。

この綱渡りのようにかろうじてつながっている論理展開によって、だから仏道修行は老人になってから、なんて考えていちゃ大間違いなんだよ、ということがぐいぐい迫ってくるのだ。一つの主張のために実に見事に話が展開されている。

◆六十代でイキイキする人、一気に老け込む人

ところで、振り返ってみて人生の時間配分を間違えたなあ、と後悔していることが私の体験にもあるのだ。まったくの余談だが、紹介してみよう。

まだ二十代で、サラリーマンをしていた時のことである。四畳半一間に住んでいた私のところへ、名古屋に住む学生時代の友人から連絡が入った。明日東京へ行くので、会えないか、というのだ。

ところが、その時私は仕事の山場に取り組んでいて、残念だが今日、明日は時間がとれない、と答えたのだ。会えないよと。

それからかれこれ三十五年たつ。そして私は今でもその時自分がしたことを後悔している。その友人に会ってあげられなくて、悪いことをしたな、という思いは今

も忘れられないほど強いのだ。

それなのに、あの時私は、どんな仕事をしていて友人に会えなかったのだろうと考えて、何も思い出せないのだ。その時大事に思えた仕事が、記憶の中にカケラもないのだ。

そんなつまらない仕事のために、友人につれなくしたことを、未だに後悔しているのである。

私の教訓。サラリーマンにとって仕事のことなんて、すんだとたんにどうでもよくなるものである。

少し話が脱線してしまったようだ。友人と会うべきか、仕事を優先させるべきかの時間配分の話なんかを兼好はしているわけではないのだから。

仏道の修行を、後まわしにしてはいけない、ということがここでは説かれているのだ。

しかし、実を言うと、それも私たちにはどうでもいい話だ。現代の日本人で、年を取ってから仏道の修行をしてみたいと思っている人なんて、ほとんどゼロであろう。

作家の中にたまに僧侶になる人がいるが、私の知る限りそれも五百人に一人くらいである。そうでない人なら、なんでまた坊さんなんかになろうと思うものか。そんな人はいないのだ。

だから、徒然草のこの段は現代人にとっては無用の論だということになる。そんなこと考えてないもんね、と言えば終わりなのだ。

だがしかし、ここはなるべく広く兼好の意見を受け止めてやろうではないか。

平安時代や、兼好の生きた室町時代には、仏教というものへの関心が今とはかなり違っていた。それは宗教というよりも、哲学であり、科学でもあるという、最先端学問だったのだ。

東大寺というのは東京大学みたいなところだった。全国に国分寺を建てたのは、日本各地に国立大学が作られたようなものだ。比叡山延暦寺は早稲田大学で、高野山金剛峯寺が慶應大学か。唐招提寺はヘボンがつくった明治学院大学みたいなものだった（この、今の大学へのなぞらえは私の遊び）。

とにかく、仏教は学問だったのだ。だからこの段で兼好の言う、仏道の修行をする、というのを、興味を持っていた学問に取り組んでみる、と読みかえてもいいのである。

いやそれどころか、もっと広く受け止めてもいい。別に学問に限ることはないのだ。趣味でも、純粋な遊びでも、下らない時間つぶしでも、思いたったらその時にやればいいのである。

つまりこの段を、「年を取ったら始めようと思って、それまで待つのはよそう」と読めば我々へのいいアドバイスなのである。

そういうふうに思っていることって珍しくはないと思う。たとえば私なんかにしても、年を取って少しは暇になったら、持っている世界文学全集を一冊ずつ手にして、読めてなかった小説を読んでみよう、と考えていたりする。今度こそ、『戦争と平和』を読破してみよう、なんて。

しかし、なぜ年を取るのを待つのか。兼好の言うようにいつ死ぬかわからない、と考えるのはちょっと気分が悪いが、緑内障になって本が読めなくなるかもしれないではないか。本は読める時に読むべきなのだ。

そう考えて私は、これまであちこちで読んでるような顔をして平気で論じてきた『カラマーゾフの兄弟』を二年前についに読破したのだ。

それよりもっとタチが悪かったのは、『読み違え源氏物語』というパロディ小説を書いたくらいでＮＨＫにも出て解説していた『源氏物語』の全巻を、去年ようやく（もちろん現代語訳で）読破したのだ。これまでさんざんほめておいて改めてこう言うのはナンだけど、すばらしい小説だった。

そのほか、マンゾーニの『いいなづけ』も、ガルシア・マルケスの『百年の孤独』も、ミラン・クンデラの『存在の耐えられない軽さ』も、このところたてつづけに読んだ。

実はそのために私は、作戦を立てたのだ。世界の文学の名作を早わかりに解説してあげましょう、というシリーズの企画をつくって、Ｗｅｂに連載したのである。すると、仕事のために名作がどかどか読めてしまった。

長年したいと思っていたことをするのに、年を取るのを待ってはいけないのだ。おそらくそうすると、ついに何もできないまま終わるであろう。

年を取るのを待たず、やりたいことはやりたい時に始めよう。とたんに生活が楽しくなってくるはずである。

どんなことでも同じだ。いつかやろう、というのは、ついにできなかった、ということになりがちなのだ。すべきことを先送りにするのはよそう。

人生「本物を見る目」を養う

◆五十代の価値は「読んだ本の量」で決まる！

ある程度の年配なら、ものの真の価値がわかる人間でありたいものである。物質（商品とか、他人の持ち物とか）に対してでも、芸術に対してでも、人間に対してでも、その真の価値を見抜ける人は見識が深い感じがする。

若いうちは、たまたま自分が好きでのめりこんでいるものにしか価値を感じ取れない。それはまだ未熟だってことであり、仕方がないのだが。年を重ねたのなら、本当の価値がわかっていたいものである。

桜の花は満開の時に、月は隈のない満月を見るのだけがいいのだろうか。いやいや、それは考えが浅い。

雨の夜にそのせいで見えない月を思ったり、家にこもっていて春の来たのに気づかないのも、かえって情緒のあるものだ。もうじき花の咲きそうな梢《こずえ》とか、花の散りしおれた庭などもなかなかの見所である。歌の詞書《ことばがき》（こういう時に詠んだ歌です、という説明の前文）にも、「花見に行ったが、もう散りすぎていたので」とか、「差し支えがあって出かけられなかったので」などと書いてあるのは、ただ「花を見て」なんて書いてあるのより趣があっていいくらいだ。花の散ること、月の傾くことを惜しんで慕う習慣はかえってそこに味わいがあるというのに、無風流の人は「この枝もあの枝も散ってしまってもう見る価値なし」などと言うものである。

何についてでも、いちばんの盛りより、始まりの頃、終わりの頃こそ味があるのだ。男女の情愛についても、ただ会って楽しむばかりがいいわけではない。会わないようになってしまった人のことを悲しんだり、はかない契りとなったことをうらんだりして、長い夜をひとりで明かし、遠い雲に思いをはせ、浅茅の生える荒れた宿に昔の恋を偲んだりする人こそ、プレイボーイというものだろう。

〔第百三十七段より〕

しかし、それはとても難しいことである。こればっかりは、齢を重ねれば身につく力ではないのだ。趣味の悪い人は終生悪趣味だということのほうが多い。

ただし、好きか嫌いかという嗜好ならば、趣味が悪くても誰からもとやかく言われる筋合いはない。クラシック音楽よりも演歌が好きだ、という人がいてもいい。芸術祭参加作品よりも韓流ドラマのほうが好き、というおばさまがいたっていい。

しかし、ものを正当に観賞する力が、いい年してまったくないのは恥かしいことである。だがそこが、難しい。ものの価値とは見分けにくいものなのだ。かなり高度な教養がないと、価値はわかってこないからだ。

わかりやすい例で説明しよう。『開運！なんでも鑑定団』というテレビ番組に、骨董品を持ってくる人がいて、本人は、これは名品で百万円はする、と思っているのに、専門家が見て、五千円、なんて評価をすることがよくある。その人だって骨董が好きで、いくつも集めているほどなのに、どうして真の価値が見抜けないのか、なんて気がする。

しかし、専門家のほうは、そういう素人とは見ている量が大違いなのだ。確実に本物だというものを、千も万も見ている。だから価値がわかるようになっているのだ。その、千も万も本物を見ているということが教養なのだ。

私がもし人から、ものの価値が見抜ける教養はどうしたら身につくか、ときかれたら、私にもそんなに教養はないんですが、と断ってから、こう答えるだろう。

教養のためには、とりあえず、本をたくさん読むこと。本とは先人の知恵という情報がつまっているものだから、読めば読むほど頭が良くなる。もちろんこれは一般論で、世の中にはいくら読んでもなんのたしにもならない本もあるが、大ざっぱに言って、本を読まない人では話にならないのである。

そして教養のためにもう一つすすめたいのは、本物をいっぱい見ることである。

たとえば、軽いざれ言で、こんなことを言う人がいる。子どもの描いたヘタな絵を見て、「まるでピカソのようだな」と。

しかし、その人はピカソの作品の本物をほとんど見たことがないだろうと思う。ピカソの本物を百点見ていたら、そんなざれ言は絶対に出てこない。

たとえば「モナリザ」という絵。そう言われただけで、頭の中にどんな絵か、というのが思い浮かぶ人は珍しくないだろう。だが、画集やポスターでそれをいくら見たって、あの絵の本当の価値はわからない。ルーブル美術館へ行って、本物を見てこそ、そのすごさはわかるのだ。

日本の価値がわかりたいのなら、外国を見よう。ちゃんと行って自分の目で見るのだ。私は、イタリアのミラノへ行って、ファッションをバチバチに決めているイタリア女性を見て、日本の若い女性のファッションのほうがレベルが高い、ということに気がついた。今、世界的には日本のファッション・レベルはめちゃくちゃ高いのである。外国へ行ったからこそ、それに気がついた。

この項目で兼好が言っていることは、少し皮肉な視点で俗人に嫌味を言っている要素があって、おもしろいのだが全面的には受け入れにくい。おもしろい視点だなあと、感心すればいいだろう。

そこから離れて、ものの本当の価値をどう見抜くか、という話になるなら、見る目を育てましょう、としか言えない。そのためには、本物をいっぱい見ましょう、と。

◆花も人間も「終わりの頃こそ味がある」

徒然草は上巻と下巻の二冊からなるのだが、この第百三十七段は下巻の巻頭になっている段である。そして、この内容は非常に有名で、徒然草の中の白眉の段だとさえ言われているのだ。

この段は実はほかの段よりかなり長くて、あれこれいっぱい書いてあるのだが、とりあえずは、書き出しの二割分くらいの、この内容について考えてみることにしよう。

評論家風に単純化して言ってしまえば、この段で説かれているのは、日本的なわびとかさびの文化論である。

月でも花でも、最盛期の時がいちばん美しいわけではなくて、むしろその前や、後の、盛りでない時のほうが味わいがあり、情感に訴えてくる、という美の感覚だ。これは西欧にはあまりなくて、日本的な美意識だと思われている。

たとえば茶の湯で使う茶碗についてだって、日本人はよく考えるとヘンテコなものを美しいとしている。

真っ白の地の寸分の狂いもない器に、多色使いで繊細な絵がつけられ、金銀の飾りなんかついてたら最高だよなあ、のセンスを突きつめたところにヨーロッパのマイセンの陶器の美などはある。なのに日本の茶の湯では、千利休なんかが、こんなものを美しいと言うのだ。

朝鮮半島の人々が、家庭で普段にめしを食うために使っていた器で、少し形がいびつだったり、無地だったりする。そういうなんでもない器の、無骨に厚いものなんかが割れていて、それをつないで直したような器が、何より美しいではないか。

おかしなことを言うなあ、と思うが、それが日本のわびやさびの美である。兼好がこの段で言っている、最盛期がいちばんいいわけじゃないよ、という主張は、そこに通じるものだというわけだ。

しかし、なんとなくわかる半面、なんとなくわからないような気もするんだよね。満開の桜に見とれてしまう、ということもあるわけで、そういう私はセンスが悪いんですか、と思ってしまう。仲秋の名月が皓々《こうこう》とススキ野原を照らし出しているのを見て、静かさが胸の奥にしみ込んでくるような感動をすることだってあるではないか。それを美しいと思うのは俗人だということなのか。

つまり、兼好はここでかなり高度な、多くの人が言わないような、欠けているものこそ完全な美かもしれないという、複雑なことを言っているのだ。だからこそ名文であり、徒然草の中でも白眉《はくび》の段で、読んだら影響を受けずにはいられない、とされている。

だが、高度なことを言うってことは、つまりはおかしな理屈をこねるということなのだ。要するにこの段に書いてあることは、屁理屈の名人芸なのだ。

どうも兼好は、意表を衝くのが好きなおじさんのような気がする。

それは、兼好にケチをつけているのではない。そういうおじさんの書くちょっと皮肉のきいた内容だから、徒然草はおもしろいのだ。その皮肉の中に、読むべき価値がある。それはまったくそのとおりで、徒然草の文学的価値はかなり高い。

なんだって、その盛りの頃よりは、その前後のほうに味わいがある、という主張も、かなり納得できるのは事実なのだ。

だから、中高年に向けたこの本では、最盛期を過ぎた後の味わいのことを考えてみよう。

たとえば、もうほとんど色香を失ってしまったおばさんの魅力とは何か、だ。おばさんにはなんの魅力もないのだろうか。

いやいや、とんでもない話である。おばさんって、色香が抜けた分、自分の欲望に対してストレートで、ものすごくおもしろいです。

おじさんのほうはどうだろう。最盛期を過ぎたおじさんに魅力はあるのか。

おじさんの場合は、はじめむっつりしていて取っつきにくいことが多い。海外旅行にひとりで参加しているおじさんなんかも、そういう感じだ。だが、だんだん話すうちに、おじさんというものは、私は何をずーっとやってきておってね、という話を始める。私は何をなした者である、ということを、じわじわ、じわじわと語りだすのである。

あの、じわじわとした小出しの自慢が、おじさんのおもしろさであり、魅力だなあ。調子に乗ってぺらぺらまくしたてってはみっともないと自制しているところの自慢。働き盛りの大社長の態度なんかよりはるかに味があると思う。

というわけで、我々も最盛期を過ぎても、だからこその魅力、味わいの深さがあるのである。胸を張って生きましょう。

4章

世の中、時代の変化とソツなく折りあえる章

「どうでもいいこと」に惑わされない

◆「瑣事」は軽く受け流してみる

この段に書かれているのは、仁和寺《にんなじ》の法師の失敗エピソードだが、要するに、どうでもいい世間の噂話である。教訓でもなんでもなくて、ただ、こんなおもしろいことがあったとさ、というだけのこと。

この仁和寺の法師の話を、兼好は兼好なりの感想を持って書いているのだが、兼好の感想は実はそう大切ではない。それよりも、生きていれば世の中のくだらないことも耳に入ってくるものだが、それをどう受け止めればいいのかを考えよう。

仁和寺に住んでいたある坊さんが、年を取るまで石清水八幡を拝んだことがなかったので、これじゃあ情けないと思って、ある時思いたって、一人で徒歩でお参りに行ったそうだ。普通は川船に乗って近くまで行ってから山に登るものなのに、それを知らないわけだ。それで八幡宮は山の上にあるのに、山のふもとの八幡宮の付属の極楽寺と高良神社などを拝んで、八幡宮をこれだけのものだと思い込んで帰ってきた。

それで、仲間にむかって言ったのがこの台詞だ。「長年願っていたことをようやく果たしたよ。噂できいていた以上に尊いところだった。それにしても、お参りに来ている人たちがみな山へ登っていったのは、なにか催しでもあったのだろうか。知りたかったけど、今日は神に参るのが目的なんだからと考えて、山までは見ずに帰ってきたよ」

なんて恥ずかしい坊さん。その山の上に石清水八幡はあるんだよ。些細なことであっても、何事にも案内人がいてほしいもんだよね。

〔第五十二段より〕

日常生活の中で、くだらない噂話というものは山ほど耳に入ってくるものである。情報化社会に生きているのだから、それから逃げ出すすべがない。たとえばテレビをつけているだけで、ニュースから、ワイドショーから、トーク番組から、ＣＭから、ありとあらゆる情報が伝わってくる。そんな話はどうでもいいんだと思っていても、耳に届いちゃうのはどうしようもない。

これは実際によくあることだが、あるタレントがトーク番組で話をしていて、その話は前にもきいたな、と思う。海外ロケをしていたら、そこへ暴れ牛が突進してきましてね、なんていう話。そこまできいただけで、頭から田んぼに落ちました、という結末がわかるのだ。そのタレントが別の番組で話していたのをきいているからだ。

　そんな時、つまらないことに意識を奪われていてムカツクなあ、と思う。私はその話には関心がないんだから耳に入れないでくれ、という気がする。

　でも、普通に生活していると、ありとあらゆるエピソードが耳に、目に、飛びこんでくるのだからどうしようもない。テレビだけがその媒体ではなくて、たまには週刊誌だって買って読むではないか。あれが、噂話を広めるためのメディアである。ある人が、何かをして、大騒ぎだそうだ、なんて話ばっかり。

　しかし考えてみれば、週刊誌は自分が買って読んでいるわけである。テレビだって、見たくないと言って消すこともできる。なのに読んだり見たりするのは、噂話が心底嫌いではないからであろう。

　どうもそのへんが、噂話とどうつきあうかの考えどころのようだ。我々はつまらない噂話が、ある程度は好きなのだ。だからなんとなく、話のほうに耳を向けている。そして一通りは知って、チッ、くだらない、と言って忘れるようにすればいいのである。

何かについての風評というものがあって、それに過剰に反応する人が多いと、風評被害ということになる。だけど、風評に耳を傾けるな、と言ってもしょうがない。風評とは耳に入ってきちゃうものなのだから。ただし、それを知った上で、チッ、くだらない、と判定する知恵を持たなきゃいけないのだ。それが、噂に流されないための頭の使い方である。

◆「常識から半歩引いて見る」技術

これは兼好に文句があるわけではなく、国語教育関係者に問い質《ただ》したいことなのだが、どうして国語の教科書に、しばしばこの仁和寺の法師の話を載せるのであろうか。この話はそんなに深い内容ではないのだが。

たしかに、ここに書いてあるのは、ものをよく知らないとこんな勘違いもしがちだという、よくわかる失敗談ではある。これなら中学生でも、わかるわかるとおもしろく読めるだろう、という判断で、つい教科書に採用してしまうのだろう。

そして、この段の結論である「少しのことにも、先達はあらまほしき事なり」を、教訓として教え込むのだ。

先に立って正しく導いてくれる案内人って、重要だよね。そういう人がいるから道を間違えずにすむんだよね。だからキミたちも、大人とか、教師という人生の案内者をありがたいと思わなくちゃね。なんとなく話をそういう方向へ引きずり込むのである。そんな教訓をきかされるから、このおもしろい話が急に魅力を失うのだ。

兼好はこの段を「先達はあらまほしき事なり」と結んでいるけれど、実はそれが言いたかったのではない。それは、しめくくりとしてあたりさわりのないことを書いただけなのだ。

この段で兼好が言いたかったことは、とんでもなくアホな坊さんがいたよ、ということだ。拡大して、坊さんって利口ぶってるけどほとんどがアホだよね、と読んでもいいくらいだ。

徒然草の第一段に、坊さんなんてちっとも偉いとは思わない、とあったではないか。坊さんほどうらやましくないものはない、とまるで僧侶にケンカを売るような感じだった。それが兼好の本音なのである。

兼好は、我らは常人を超越した知者である、と思っているが如き僧侶のことを軽蔑しきっているのだ。

◆五十代からは「健全な批判精神」を持つ

ただし、兼好がそんなふうに法師の悪口を書くのは、一般的に法師は尊敬されているからである。法師たちも、いかにも我々は知恵ある特殊階級であるぞよ、というような顔をして威張っているからである。

仏教とは兼好の頃、宗教というよりは最高度の学問って感じだった。そして、僧侶というものも、ある宗教家、という感じよりは、世の中で最も学識ある知者、というイメージのものだった。

だからこそ兼好は、僧侶を目の敵にするのである。僧侶でありながら、利口ぶっているだけで、実は何もわかってない者、実は欲にかられている者、実はひたすら愚かなだけの者を、口をきわめてののしるのだ。何も知らぬ一般人が僧侶だというだけの理由で尊敬したりするからである。

と言えば、もうおわかりであろう。兼好が僧侶の悪口を言い、それらがいかに愚かであるかを書き並べるのは、古代ギリシャのソクラテスがソフィストと呼ばれる知識人を次々に論破していくのと同じ構造なのである。

ソフィストとは、紀元前五世紀ごろに、アテネを中心にして出現した弁論術や政治、法律などの教養を教えた職業的教育家のことで、プロタゴラス、ゴルギアス、ヒッピアスなどの人物が有名だ。そのソフィストたちと論争して、ソクラテスはすべてを打ち負かす。それにはこういう理由があった。

ソクラテスの友人のカレイポンという男がデルフォイの神殿へ行き、「ソクラテスより知恵のある者はいるか」という質問を神にした。すると神の答えは、「ソクラテスより知恵のある者はいない」というものだった。

ソクラテスは自分のことを、世の中にわからないことがいっぱいある未熟な人間だ、と自己評価していたので、神のその答えが不思議でならなかった。そこで、当時最上の知者だと思われていたソフィストたち（現代で言えば、文化人とか、評論家という感じであろう）を訪ねては、質問し、論争をしたのだ。

その結果、ソクラテスを論破できたソフィストは一人もおらず、自分には知らないことがある、ということを知っているソクラテスこそ第一の知者であることがはからずも証明されたのだ。

兼好が僧侶のことを悪く言うのは、それと同様のことなのである。

僧侶は学者であり偉いものだと人々から尊敬されているんだからこそ、本当にそうであってくれよ、と兼好は望む。そして、僧侶なのに実は権力志向が強いだけだったり、何も悟れてないインチキ野郎だったり、常識すら欠けているアホだったりすると、叱りつけずにはいられないのだ。

それはつまり、仏教思想をこの上なく上等のものだと信じているからだ。なのに、インチキ坊主が、わかったような顔をしているだけで実はニセ者だと、怒りが込みあげてくるのだ。

「ねえ兼好くん、きみの僧侶への怒りはそんなふうな、期待から出てきているのではないだろうか」

と、ソクラテスが言いそうな気がする。

というわけで、仁和寺の法師の失敗談の本質はかなり深いところにあるのである。知識がないと石清水八幡も正しく拝めないのであるから、何事にも案内人がほしいものだよね、なんてありきたりのことが言いたいわけではないのだ。

私も一応出家した身だから言うのだが、法師というものは常に正しく修行をし、人々を導く存在でなければならないぞよ、と兼好は言っているのだ。そして、ほとんどの僧侶がそういう知者ではなくニセ者なので、怒り狂っているのだ。

兼好のこの怒りに似たものを、我々は現代のソフィストに向けるべきであろう。つまり、文化人であり、知識人であり、解説者などとして世の中に、とくにテレビの中に出てくる者たちが、現代のソフィストだ。科学評論家などもその中に入る。

ああいうソフィストたちが、ひょっとしたらとんでもないニセ者ではないかと、常に疑いの目を向けていなければならない。ああいう人種は、テレビに出られるならばどんなことだって言うのである。背後霊というものもあるかもしれませんよ、と言ってる科学評論家さえいるくらいのものなのだ。そんなアホを学者だからと信じてはいけない。

すべてのことについて同様である。

文化人、知識人、学者、評論家などは、こいつも仁和寺の法師のクチじゃないのか、と疑ってかかるべきなのである。兼好の坊さん嫌いには、そこまでの批判精神が込められているのだ。

ついでに我々は、政治家とか、権力者とか、その道の権威なんてものも疑ってかかろう。上のほうからわかったようなことを言って偉そうな顔をしている人間は、とりあえずニセ者、と思っておけば、ほぼ正しいのである。

思い出とは「つかず離れず」でつきあう

◆思い出と「上手に折りあいをつける」には？

年を取れば取るほど思い出がいっぱいある。

それは間違いのないところだ。小学一年生が、幼稚園時代のことが懐しい、と思うことがないとは言えないが、やはりそれは変である。思い出多きは老人である。

そこで、昔のことというのは恋しいものですなあと兼好は言うのだが、そういう感慨がわくのは事実である。老人たちは皆、昔は良かったなあ、と思い出にふけっている。

しみじみ考えてみるに、何事につけても、過ぎ去った昔の恋しいことばかりはどうしようもない。

人が寝しずまった後、秋の長い夜の暇つぶしと思って、ちょっとした道具を片づけ、これは残しておかないほうがいいな、と思う書き損じなどを破ってすてていたら、亡くなった人が歌を書きなぐったり、絵を描き遊んだりしたものが見つかったことがある。

そんなものを見ると、この時はどうだったなあと、どっと思い出さずにはいられないよ。

今も生きている人の手紙でも、ずいぶん時がたって、どんな時のものだったかなあと思ったり、何年くらい前になるだろうなんて思うのは、たまらない懐かしさだなあ。

〔第二十九段より〕

そこまでは、少しも悪いことではない。過去なんか振り返らず、未来に希望を持てと老人に言うのはむちゃだ。だんだん何もできなくなってくるからこそ、昔は徹夜しても平気だったとか、重い荷物も軽々と持てたとか、あっちこっちで浮名を流したとかを思い出して、懐しむのである。老人から、昔を懐しむ権利を奪ってはならない。

それにしても思うのだが、思い出というものは生じるもので、つくるものではない。だから若い人が、思い出づくりとか言って旅行したりするのはまったく無意味なことである。思い出は時を経ることによって、自然に生じて溜まるもの。そしていつの間にか真実よりも良い姿に変形されて、単なる記憶というよりつくられた物語のようになっていく。だから思い出にふけるのは甘美なのだ。

思い出にふけるというのは実は、自分を美化することなのかもしれない。

そこで、私には言いたいことがある。老人が思い出にふけるのは勝手だが、それを他人にきかせるのはやめてほしい。そもそも、人の思い出くらい関心の持てないものはないのである。あなたが若い頃にどんな活躍をしたとか、どんなにモテたかということはこの上なくどうでもいいことで、誰もそんな話はききたくないのだ。いくら老人でも、若い人に思い出を語ってきかせるような迷惑行為はしてはいけない。思い出は、沈黙のうちに楽しむものなのだ。

たとえば会社の年配の上司が、酔うと必ず昔立てた手柄話をするとする。上司に向かって、その話はもうききあきました、とか、その話はつまらないです、とは言いにくいものだ。だからやむなく、はあ、はあ、と言ってきいているのだが、部下はうんざりしているのだ。

これがいっそ、はっきりと自慢話だったら、かえってあきらめもつく。自慢させときゃ機嫌がいいんだからほっておこうとか、すごいですねえ、とおだてれば喜んでおごってくれるかもしれないと思える。

それが、自慢というわけでもなく、ただの思い出だとつきあうのがツラい。思い出はその本人にだけ甘いものなのである。

同じ仕事をいっしょにやった同僚になら、思い出を語ってもいい。その話は相手にとっても思い出だからだ。思い出は、共有する相手となら話しあってもいいわけだ。

だから、夫婦が結婚以後の思い出を語りあうのはなんとか許される。子どもがまだ小さくて、あんなことを言ったのよ、という話は双方が楽しめる。

同じ体験をしたはずなのに、相手の思い出がちょっと変形していて、こっちが覚えていることと違っているのはやな気分のものだ。その人の思い出の中で、自分がつまらない脇役にされていたりするとムカムカする。だからやっぱり、大切な思い出は語らない、というのが原則だ。

古い写真一枚、古い手紙一通などを前にして、縁側で、一人ぽつねんとすわりこんで、あの時はこうだったなあ、などと思い出にふけり、ほわりと温かい気持ちになる。それが最善の思い出とのつきあい方である。

◆五十代から「新しい魅力」が見つかる人

年老いて、過ぎ去った昔のことが懐かしいのは当然のことで、これには文句は一つもない。

老人が、昔は良かったが、今は何もかもまったくダメだ、と言う（第二十二段）のには、私は賛成できない。それはつまり負け惜しみなんだから。しかし、いい悪いではなく、昔のことは懐かしいというのは、まったくもって当然の感情で、しみじみしてしまうことだ。

ここで兼好が例に出しているような、亡くなった人の書きなぐった文章とか、絵なんかを見つけたら、あの人はこうだったなあと、さまざまのことが一度に思い出されて、思いにふけらずにいられないだろう。

まだ生きている人の手紙だって、久しく会わない人であれば、もう何年前のことだ、とか、今も元気でやっているのかなあ、などと、心を動かされちゃうだろう。それは人間には記憶力があり、歴史性を持っているのだから、もともとそういうものなのである。

だからこそ、人間は撮った写真をアルバムにして持っているのだ。そして、古いアルバムをめくり返してみれば、懐かしい過去がそこには記録されていて、たちまちのうちに人を時間旅行に誘う。過ぎたことはすべて懐かしく、心を揺り動かしてくれるのだから。

しかし、そこからもう一歩踏み込んで考えてみよう。昔のことが懐かしいとばかり思って、過去にしばられているのははたして最上のことなのだろうか。少し考えてみればすぐわかることなのだが、人間はそれだけではいけないのである。

これは昔のあの人の思い出につながることだ、こちらは昔あったあの出来事を思い出させる、などと過去に思いをはせていると、今やるべきことが手につかないのである。そして、新しい体験を重ねていくことができない。

所詮、思い出は思い出にすぎないのだ。思い出は時として人の傷ついた心を癒やしてくれるが、心を育ててはくれないのだ。だからつまり、ひたすら昔を恋しがっていればいいのは、もう未来のない老人だけなのである。

昔の写真を見て今はもう皺《しわ》くちゃの婆さんが、この頃は朝起きた時に肌がピカピカだったとか、皺が一つもなかったとか、よくモテて男に声をかけられたとか、今の半分くらいの体重だったなどと懐かしがっていても、ただただムナしいだけである。今のあなたの魅力のことを考えましょうよ。それは絶対にあるんだから。

昔のことは懐かしい。それは人の自然な情だから否定できない。しかし、だからといって昔にしか目を向けないのは良くないのだ。いくつになっても、ちゃんと今に目を向けていたいものである。

◆過去は「忘れる」のではなく「しまう」もの

一つ、ちょっと場違いかもしれない話をしよう。でも、本筋の話とどこかでつながってくるはずである。

私の妻は、今から十五年くらい前に、それまでまったく健康に見えた母を突然に亡くした。妻の父は妻が三つの時に亡くなっているので、母一人子一人、という感じに生きてきたのだ（正確に言うと、お祖母ちゃんがいて、女三代の家だったのだが、お祖母ちゃんは二十三年前に亡くなっていた）。

妻の母は一見とても健康そうな人で、この分ではお祖母ちゃんと同じく九十歳くらいまで生きるだろう、と思っていたのに、六十五歳で突然脳梗塞で亡くなったのだ。当然のことながらそれは大変なショックで、妻はその年五キロも痩せた。

妻の母が亡くなって、ついに無人になってしまった家は、私が建てさせてもらった家とくっついていた。

その無人になった家を片づけなければならない。そこには、写真だとか、何かを書いたノートだとか、買い集めた本だとか、その人を思い出すよすがとなるものがいっぱいある。とりあえずは、見てるだけで悲しくなってくるわけだ。

しかし私は妻にこう言った。

「思い出となるものは、当面見る気がしなくて、段ボール箱に詰め込んでおくだけでもいいから、とりあえず捨てずにとっておこうよ。そこにある、というだけでいいんだから」

そして、そういう思い出のつまった箱を二十箱ばかりつくったのである。妻の母の集めた本は、私が新たに建てた家の書庫の棚に並べた。

ところが、そういうことを言った私が、十年たった頃にこんなことを言ったのだ。

「お義母さんの写真だけど、とくに思い出深いもの数十枚を残すだけにして、後はもう処分しようか」

そして、ある気持ちが前向きの日にそういう作業をして整理した。

それから、十五年たった今は、私はこういうことを言っている。

「お義母さんの集めた本は、特別のものは別として、それ以外はそろそろ処分しようか」

最近は古びた本は古書店でもなかなか引き取ってくれなくなっていることを知っているから、これはつまり、捨てようか、と言っているわけである。

そのことには、うちの書庫が満杯になってきてどうにも整理がつかなくなってきたから、という理由もある。それも認めるが、それとは別に、少しずつ忘れていくのも人間にとって大事なことだから、という私の考えもあるのだ。

忘れていく、というと薄情なようだが、過去ばかりを引きずっていては今をうまく生きられない、と思うのだ。十年以上たっても母の死がショックで食欲がなく、今も痩せていく、なんてことではいけないのである。

やはり人は、未来のほうを見て、今を生きていかなければならないのだ。

そして、忘れようと思ったたって、いちばん大切なことは脳の中にたしかにありつづけて、けっして忘れはしないのだから。

過去があるからこそ現在の自分があるのだ。そういう意味で、ことさらに思い出して懐かしがらなくたって、自分の中に過去は埋もれているのである。

私は、少年時代からずっと、お父さんにそっくり、と言われて育ってきた。食べ物の好みから、足の人さし指が長いところまで、お父さんに瓜二つ、と言われたのだ。その私が、父が亡くなった時に涙を流さなかったのは、薄情だからではなく、自分の中にお父さんはいる、という気がしたからだ。確実に、父の歴史は私の中につながっている。

そして私も六十歳を過ぎて、時々鏡を見て、わっ、お父さんだ、とビックリしたりする。なんとも喜劇的だ。

昔のことは懐かしい。それはそれで良い。しかし、懐かしさは生産性には結びつかない。時々しんみりした気分を楽しめばいいのであって、それ以上のことではないのだ。

五十代からの「情報社会の正しい生き方」

◆何事も「すぐ判断しない」「すぐ決めつけない」

この項目と、言っていることが似ている項目があった。第五十二段だ。その項目は、世の中のくだらない噂とどうつきあうか、だった。この段は、世に伝わっている話って、ウソばっかりだ、という内容である。

兼好の時代ならば、びっくりするような話というのは大概ウソだからきき流せ、という教訓でいいのだが、我々現代人にとっては事態はもう少し複雑である。前の項で、我々は情報化社会に生きているってことを言ったが、まさにそのとおりで、

世に語り伝えられていることって、真実のまま言うのはおもしろくないのであろうか、そのほとんどがウソである。（中略）

まあとにかく、ウソの多い世の中だ。だから、ウソっぽい話をきいた時は過剰に反応せず、よくある、珍らしくもない話だと受け止めてきき流しているのが、間違いの少ない態度だろう。とかく下層の人の語っていることは、きいてビックリするようなことばかりだ。『論語』の中にも書いてあるとおり、品位と教養のある人は、人を驚かすようなことを語らないものなんだよ。

〔第七十三段より〕

現代人はあまりにも多くの情報にさらされて生きている。テレビと週刊誌のことはもう言ったが、そのほかにも近頃は、ネットを通して入ってくる、ブログ、ツイッター、2チャンネルなどの情報もある。

そして、何が本当の情報で、何がウソの情報なのかわかりゃしない。情報に匿名性があって、あの人が言うのだから多分本当なんだろうという判断がつけにくいのだ。あらゆるものを通してあらゆる情報がうるさいほどに流れている。

そういう中で、正しい判断をどうすればいいのか。

その答えは、きいたことをなんでもすぐに信じないようにする、であろう。世間から伝わってくる話なんて、デタラメが多いのだから、話半分、いや、話十分の一くらいにきかなきゃいけない。へーえ、そりゃあびっくりだねえ、と言いながら疑ってかかるのがいい。

だって、本当に世間はむちゃくちゃのことを伝えてくるから。たとえばの話、為替レートが変動して一ドルが八十円を割っちゃったりすると、必ずどこかの週刊誌が、今年中には一ドルが七十円を割って日本経済は大パニック、という特集をやるではないか。

そういうことをこれまでにもさんざん言われてきたのだが、本当にそうなったことはどの程度あるか。

ああいうパニックをあおるような記事の、百に一つがかろうじて当たるぐらいのもので、そのほかはウソのつき放題である。

ああ、そうですか、とき流して無視するのがいいのだ。

そして、何かをきいた時、判断をあわてないことも重要だ。きいて即座に対処法を考えるのはせっかちすぎて、判断を誤ることにつながりやすい。そういうのは情報に振りまわされている、というものなのである。

五十歳をすぎているならば、大人の思考というものができるであろう。大人の思考とは、みんなが大騒ぎしている時に、待て待て、早計に考えるではない、と言える思考法である。

事があった時に、ちょっと対応の鈍いくらいの人のほうが、知恵ある人というものだよ、というのが兼好の考え方だが、私もそれに賛成だ。大いに騒ぎたてて早計な判断をするのは小物の態度である。

そもそも、五十歳まで生きてきていれば、これまでにさんざんデマもきいてきているだろう。

だからもう勘で、こういう話は眉ツバなんだよな、とわかるはずである。それが大人の知恵というものだ。

野菜のナントカが健康にいい、という話をテレビ番組が言うと、その翌日にはその野菜がスーパーから消えてしまう。争うように買いあさってしまったのだ。そういう時には、皆さんせっかちすぎますよ、と笑っていてこそ大人である。これまでに、体にいいと言われたことのあるものを全部まとめて食べたらおそらく腹をこわすんだから。

多すぎる情報に流されないようにしよう。こういう話って、いい加減なことが多いんだよな、と考えられるくらいには人生経験をつんできているでしょう。

そして、なるべくならば耳に入ってくる情報を少なくしよう。情報がないのは不安かもしれないが、ほとんどがデマなら、そんなのきこえてこないほうがいいのである。

◆ツイッター・ブログ……「一億総発言社会」をどう生きる?

私の職業であるところの小説と、ウソとの関係もなかなか微妙なところがあるのだ。

小説とはごく一部の実話告白的なものを除いて、つくり話である。つまりはウソだ。それなのに、どうして多くの人は本に活字で印刷してあることは全部本当のことだと思うんだろう。

私が『似ッ非イ教室』という、世にあるエッセイのパロディを書いていた時のことだが、講演会で司会者にこう紹介されたことがある。

「清水さんはつい先ごろまで、インド洋のセントニベア島へ行ってらっしゃいました」

そんな島はありません。その島のファクスは貝がらでできているというのもウソです。その海にモンゴウイルカなんていうイルカはいません。その島の水道からはオオマツワリミミズというのがニョロニョロ出てくるというのもウソです。

どうして小説を本当のことだと思うのだろう。

私は氷柱監視員なんていうアルバイトをしたこともないし、区役所の呼び込みもしていません。英語の語源は日本語だ、という説も立てていません。なのに、どう説明してもわかってくれない人がいるのだ。

そして時には、その逆のこともある。私だって、本当のことを書くことがあるのだ。だが作家だから、それをウソのふりをして書く。

私が日本各地を旅行して書いた紀行文があるのだが、『まちまちな街々』というその本で、私は泥江龍彦という小説家であると書いたのだ。K書店という出版社をダマしてお金を出させ、顔の丸い妻とあちこちを旅したと。つまりはそういう趣向である。

なのにその本を読んだある女性読者から、私は見破りましたよ、という顔つきでこう言われて面くらったことがある。

「あれ、ご自身のことでしょう。私にはわかりましたわ」

わかるように書いたつもりなんだけどなあ。

ウソとホントとの区別って、難しいものなんだよねえ。

ところで、ここから先には最近私が感じたちょっと真面目なことを書こう。

人々にはただ話が盛り上がればいいという無責任なところがあり、ついつい話を大袈裟にしてウケようと思ってしまい、それが結局はウソの氾濫になるんだと兼好は分析している。それはたしかにそのとおりだと私も思う。

ところが、最近世の中に大きな変化があり、情報の質というものにちょっとした革命が起きている、という事実もあるのだ。兼好には想像さえできないような大変化である。

それに私が気づいたきっかけは、平成二十三年三月十一日の東日本大震災の後である。

周知のことだと思うが、ああいう大災害の後には風評というものがものすごく大きな力を持っている。あんな時にはとんでもない噂まで流れるもので、心が怯えきっている人々はそれを無批判に信じ込み、もっとひどい内容にしてそれを人に伝えたりする。いわゆるデマの広がりだ。

福島県は全滅したそうだ、なんていうウソ。

東北産の野菜を食べたら被曝するぞ、なんていう脅し文句。

こんな人さえいるそうだ、というデタラメ。

そういうものが、わっと広がって、日本中の人がそれを伝えきいてこわがる。というわけで、牛乳がスーパーから消えたり、トイレットペーパーや水が買いだめされた。たしかに今回もそういうことは起こった。

だが、そういう偽りの風評が、今回は思いのほかすみやかに、冷静に、うち消されていったほうだよな、と私は思うのだ。いや、福島県だって中通りのほうの野菜はみんな安心して食べているよ、というような、ウソを訂正する情報がどんどん入ってきた。

なぜならば、すべての人が情報を発信できる世の中になっていたからだ。つまり、ツイッターとか、ブログへの書き込みといった、個人発の情報だ。それがビックリするほど多くあるという時代になっていたせいで、むちゃなデマは比較的冷静に否定されていったのだ。

これはすごく大きなことだと私は思う。全員が発言できる世の中になったおかげで、ごく一部から出てくるデマが否定されるのだ。

そして、いつの間にか人々は通信しあううちに、教育もしあっている。

年老いた人などが、「古着の中から着られるものを探して被災地へ送ります」なんてテレビの中で言っていたりする。

するとブログ世界では、「古着なんて被災者だって着ないよね」とか、「今困ってるのは下着がないことなんだって」「都には防災用の紙のパンツのストックがあるはずだよ」なんて、大いに情報交換している。そうやって、冷静な対応が模索されていくのだ。

とかくこの世は、愚かな人々のせいでウソだらけだ、と兼好は斬ってみせた。だがしかし、全員発言社会というものが生まれたせいで、それにも少し歯止めがかかるようになったのかもしれない。それは少し希望の持てることのような気が私にはする。

ただし、全員が情報交換するせいで、全員が間違え、とんでもない方向へ暴走してしまうという恐れがあることも否定はできない。そんなことにならないように、私たち全員が監視の目を光らせていなければならないこともまた、忘れてはならないのだが。

時代の流れに「うまく乗れる人、ムダに逆らう人」

◆何歳になっても「時代に取り残されない」コツ

何事も、昔のもののほうが良く、今のものは悪くなるばかりだ、と兼好は言う。その意味では典型的な老人の意見である。

時と共に世の中は変化する。良い方に変化するのか、悪い方に変化するのか一概には言えない。おそらく、そのどちらでもあるのだろう。

しかし、老人には悪い方に変化しているように思えてしまうのだ。

その理由は二つあって、一つは、新しいことが頭に入らない、身につかない、つ何事につけても、昔のもののほうが良かった。すべてにおいて、近頃のものはひたすら下品になり下がっていく。指物師《さしものし》がつくる優美な器物にしても、古い様式であるもののほうが断然味がある。

手紙の文句なんかも、昔の手紙の反古《ほご》なんかを見てみると、実に見事なものだ。近頃のものはむちゃくちゃである。話し言葉も、どんどん乱れておかしなものになっているよ。

〔第二十二段より〕

まりついていけないのであり、だんだん生きにくくなるからだ。今の流行がわからず、新語の意味がわからず、新しいタレントの名前が頭に入らない。ハイテクが使いこなせず、ネット・ショッピングができず、フェイスブックのやり方がわからない。だから生きにくくてしょうがないのだ。

そして、老人が昔を良い時代だったと思うもう一つの理由は、昔は自分が若かったからだ。がんばりもきき、社会の中心にいてバリバリ世の中を動かしている充実感が味わえ、疲れなかった。

今はもうそういうことができなくなったのでおもしろくなくてたまらないのである。それでついつい、昔は良かったが、今は何もかも悪いばかりだと、時代に悪口を投げかけたくなる。

それは、老人だからどうしようもないことなのだろうか。いや、老人のことだと思って笑っている中高年の人も、笑いごとではありません。すぐにそういう老人になってしまうんですから。

さてそこで、私はそれについてどんな気分でいるかを語ってみよう。私は確実に老齢にある。もうじき六十五歳になって年金もちゃんともらえるようになるのだから、もう若いフリは無理だ。その私が、時代の変化については、相反する二つの気持ちを持っているのだ。

一つの気持ちは、時代はすっかり悪くなったと、大いに悪口を言ってやりゃいいのさ、という気分である。こっちには長く生きてきたという強みがあるのだ。昔のことをよく知っている。だから、すべてにおいて昔は良かった、今は世も末で、もうじき世の中はぶっ壊れるぞ、日本は滅びるぞ、と悪態をついていい権利を持っているのだ。ああ、何もかもダメになってしまったわいと、嫌味を言って若い人にいやがられたい。それが老人の楽しみなんだもの、なんて思う。

しかし私は、同時にその反対の気分にもなるのだ。できるだけ今という時代とつきあって、可能な限り時代に取り残されないようにして、一番前に混じっていたい、なんて。

俗な例を一つあげれば、今のファッションも楽しんでしまいたいという欲がある。だから私は風俗の移り変りに意外と興味があり、そのあたりのことになると妙に新しいもの好きだ。

たとえばジャニーズ事務所のタレントでいえば、もう古参になるようなグループに対してはやけに冷たくて、こんなおっさんたちのどこがアイドルだよと切り捨て、新しく出てきたグループのほうをひいきする。風俗は新しいものほど、時代とジャストミートしているものほど価値がある、と思っているのだ。

社会のありさま全般を考えてみると、風俗ほどシンプルに新しいほうがいいと言えないのは当然のことだ。だから私も語る対象物によっては、昔のほうが良く、今は悪くなっていると論評することもある。でも、近頃のほうがいいこともたくさんある。近頃の日本のサービス業の丁寧で行き届いているのには、こんな国はそうないぞ、と感心している。

だから皆さんにも、すべて昔のほうが良かった、ではなくて、今のほうが良くなっていることもあると気がついてほしい。それに気がついているのに、あえて、あ――今は何もかもダメだ、昔は良かったのになあ、と意地悪を言ってニヤニヤしている小言老人になっているのが、ちょうどよい楽しさである。

◆「日本語の乱れ」が気になり出したら……老化に注意⁉

昔は良かったが、それに比べると近頃はすべて悪くなっていくばかりだよ、という年寄りのエッセイは、時を超えて永遠にあるもののようだ。古代エジプトのヒエログリフの落書きを解読してみたら、「近頃の若者はなっとらん」と書いてあったという話なんかも有名だ。

とにかく年寄りは、「すべてが悪くなっていく」と言いたいものなのである。兼好はその一例として、指物師のつくる器物なんていうおもしろいものを持ち出す。たしかに、そういうものは古いもののほうが味があるような気がする。手紙の文章も昔のほうが良かった、というのは兼好の主観なのだから、反論ができない。そういうものかな、と思うばかりである。

そして、引用部分の後に兼好は、言葉が乱れておかしな言い方が広まっているよと、日本語の乱れを語りだす。「兼好よ、お前もか」と言いたくなるところの、ジジイの日本語の乱れ論だ。

十年ばかり前、私はＮＨＫの『ことばてれび』という言葉の番組に二年間出演した。そして私がまかされたコーナーは、「ことばＱ」といって、なぜあのことを日本語ではこんなふうに言うのか、という質問に答えるところだった。

いろんな質問が来た。「人一倍がんばる」という言い方があるが、「一倍」なら普通の人と同じじゃないか、というような質問。「若い女性の黄色い声援」というが、なぜ黄色なのか、なんてのは難問だった。

簡単に説明すると、数学的には倍は、掛けるいくつか、という意味で、一倍なら増えないのだが、国語的には倍は、二倍という意味なのである。所得倍増計画だって、二倍にするという意味だった。黄色い声援のほうは、黄色は目立つ色で遠くからでもよく見えるので、よく通る高い声の表現に使ったのだ。

「繋ぐ」という言葉があるのに、それを「繋げる」と言う人がいる。「繋ぐ」と「繋げる」は意味が違うのか、という質問にも手こずった。この説明はややこしいので、ここでは省略するが。

そういうおもしろい質問も来たのだが、実はNHKに寄せられる手紙のおよそ半分は、質問ではなくて、これこれの日本語は間違っている、という指摘だった。そのほとんどが老人からの手紙である。中には、NHKのアナウンサーともあろう者が、「拳銃が三発撃ち込まれました」と言っていたが、撃ち込まれたのは銃弾だろうが、と叱っている手紙もあった。

老人が日本語の乱れを叱りつけるのは、ほかのことはともかく、これについては私のほうが絶対に正しいんだ、と思えるからである。

ファッションがとんでもないものになっていくとか、ケータイでメールばっかりしているとか、電車の中で化粧する、というようなことは、時代が変わってそれが普通になっているのかもしれず、気に入らないが叱りつけることではないかも、と思える。

しかし、日本語の乱れは、間違いは絶対に間違いなのだ。正しい日本語を知っている老人が叱ってやらなければならん、と思えるのだ。

しかし、それははたして本当であろうか。

この段の後半で、兼好が叱っている日本語の乱れに、こういうものがある。物を持ちあげることを、「もたげる」と言うのが正しいのに、近頃のバカは「もてあげる」と言っている。まったく、バカなことよ。

その兼好の主張を読んで、ムナしくなってこないだろうか。

もてあげるは誤りで、もたげるが正しいと言われたって、我々はそれをもちあげる、と言ってるのだ。「もっと変えちゃってゴメンネ」であるが、小さなつまらないことだなあ、という気もしてくる。

どうせ日本語なんて（実は外国の言葉も）時と共にどんどん変わっていくものなのだ。それを、私の知っている日本語に固定してくれ、と言ってもそうはいかない。日本語をいっさい乱すな、というのは案外言葉ファシズムなのかもしれないのだ。

◆「いいものはいい」という基準で今を見る

昔は良かったが、今はどれもこれもダメになっていくばかりだ、というのは本当のことなのだろうか。

たとえば、私にはこんな体験がある。

昔、私の家へ訪ねてきたいが場所がわからない、という人には、電話で道案内をしなければならなかった。「地下鉄の××駅で降りて、××街道へ入って道なりに進み、コンビニの××の次の角を左に曲がり……」なんて。そして、そう答えても半分の人は道に迷った。

ところが、「駅から家までの略地図をファクスしてあげましょう」という時代が来た。それによって道に迷う人が減った。

なのに今では、住所だけでどの編集者も確実に家まで来る。若い編集者ほど、何らかのナビ・システムを使って間違いなくやってくる。これって、昔よりビックリするほど良くなったことじゃないだろうか。

昔のほうがすべて良かった、今はもうどんどん悪くなっていくばかりだ、なんてのは、おジイさん寝言を言ってるんですか、ということかもしれないのだ。

年を取ったなあ、と自分のことを思ったら、その辺のことに大いに注意を払わねばならない。

私が三十歳ぐらいの時にあみだした、若者とおっさんの区別の方法をお教えしよう。時代が変わってしまったので、そのままでは使えないかもしれないが、それでも、なかなかおもしろい分類法ですよ。

毎年、ＮＨＫの紅白歌合戦の出演者が発表になる。

あの出演者一覧表を見て、あの大物が落ちた、こんな名も知らない若い者が入っている、という気がするのがおっさん、おばさんである。あの一覧表を見て、まだこんな演歌歌手を入れとかなきゃいけないのか、そして、あんなに活躍してるのに若い××ちゃんは不合格なのか、という気がするのが若者である。たとえ五十歳をすぎていても、後者のように思えるなら若者なのだ。

というわけで、紅白歌合戦というのは実は老若歌合戦なんだよな、というのが私の持論だ。

てなことで、実は私は徒然草のこの段の主張には反対だ。

昔は良かったが、今は悪くなっていくばかりだというのは、自分が若かった時のあの輝いていた時代を変えないでほしい、というわがままなのである。

でも、そうはいくもんか。時代はどんどん変わっていくのである。

そして老人はそれについていけず、生きにくくなったものよ、と嘆くのである。

嘆くのは同情できるが、今に対して悪口を投げかけるのは、つまりは八つ当たりなのである。

おもしろい例として、あなたが生涯で見たいちばん良かった映画の話をしてみよう。この質問に正当に答えられる人というのは実はものすごく少ない。

七十代の人だと、『カサブランカ』とか『駅馬車』とか『荒野の決闘』だなんていうのである。『望郷』の人もいる。六十代だと、『太陽がいっぱい』『ベン・ハー』『サイコ』『道』なんて答える人が多い。五十代だと『サウンド・オブ・ミュージック』『ゴッドファーザー』『イージー・ライダー』。四十代だと『愛と青春の旅だち』『プリティ・ウーマン』『ゴースト』。

なんのことはない、自分が青春時代に見て感動した映画が、生涯のナンバーワンなのである。それは実は、自分の青春時代を懐かしがっているだけなのだ。

そして、そういう自分の青春とシンクロしている映画と比べて、近頃の映画は少しもおもしろくなく、愚作ばかりだ、と悪口を言う。

昔は良かった、という論はそれと同じなのである。

映画を語るなら、自分の青春のことをからめずに、オールタイムの批評眼を持って語るべきだ。時代を語るのも、それと同じでなきゃいけない。そうでないと、また老人が現代の悪口を言ってるよ、言いたいんだからほっておけ、ということになりますぞ。

ちなみに、私は比較的新しい映画の中では、『アメリカン・ビューティー』『バッファロー66』『ビッグ・フィッシュ』なんてところを大いに評価しております。

5章

人間関係の「困った！」がなくなる章

五十代からは、伴侶を「友」とするのがいちばん

◆五十代から必要なのは「友人」より「同士」

兼好がこの段でやっている友だち論は、実は冗談である。

冗談だから、若い人は友だちにふさわしくなく、物をくれる人がいい、なんて言っているのだ。

しかし、そんな冗談が出る、というところから兼好の友だち観がわかってくる。

兼好はどうも、友だちなんてそんなに必要ない、と思っているようだ。友について語るのに、冗談でやりすごしているのがその証拠だ。

友だちにするのに良くない人間が七つある。まず一つは、身分が高くて尊いお方だ。二つめは、若い人。三つめは、身体がやけに丈夫で病気をしない人。四つめは、とにかくもう酒が大好きという人。五つめは、勇気にはやる武士。六つめはウソをつく人。七つめは欲の深い人だ。

友としていいのには三つある。まず一つは物をくれる人だ。二つめは医者。三つめは知恵のある人である。

〔第百十七段より〕

一般的に言って、友だちができ、熱い友情で結ばれるのは、若い時ではないだろうか。思春期の頃、青年の頃は、気のあう者、刺激しあえる者、好みの似ている者と大いに語りあい、友情を感じて思わずスクラムを組んでしまったりする。文学について、哲学について、恋について、夜通し語りあってもあきなくて、これぞ友情だなあ、と思ったり。

若い時にはああいう友情が必要である。友だちがあって、ありとあらゆることについて熱く語りあうのは、刺激に満ちていて思想が成長する。自分とは違う個性と才能にぶつかっていくことで、大きな影響を受けるのは貴重な体験だ。

友ありて、我が青春は実り多し、ということになる。

しかし、人格はもう完全にできあがり、今さら何物かに変化しろったって無理だよ、という老境に入って、友だちなんて必要なものだろうか。生活していれば知人はできるのだが、今さら人格に影響を与えてくれるような友人はほしいだろうか。完成されてしまった人格は、もう変えてほしくなんかないものである。

老人に友は不要、なんて私は考えてしまうのだ。

言うまでもなく、若い人とは考えもおもしろがることも違いすぎていて友だちになろうにも共通点がなさすぎる。ならば、同年配なら友人になれるのかというと、老人はみなもう固まってしまっていて、人との触れあいで刺激を受けて変っていくということがあまりない。双方が別々の個性を持っていて頑固だから、つきあっても生まれてくるものがないのだ。老人会の意見のぶつかりあいによるいざこざを友情とは言うまい。

だから老人に友だちはもういらないか、と私は思う。

だが、世の中にはそうでない人がいることを私は知っている。若き日の友情、というものにやけに情熱的になる老人もいるのだ。

そういう人というのは、今新しく友だちをつくることには熱心ではない。昔友だちだった者と熱く交わりたがるのだ。

ビヤホールの一角に、年の近い老人が五、六人集まって、熱く、高らかに語りあっていたりするのを見ることがある。彼らは、若い時からこのビアホールで語りあっていたのだ。その同じ場所で、同じメンバーで、昔と同じことを何度となく繰り返して語るのが楽しいのだ。

それが嵩じて、学生服を着て学帽をかぶり、肩を組んで大学の寮歌を歌い出す老人がいる。

ああいうのは、友情だったものを再現する楽しみに興じているだけで、今友情を育んでいるわけではない。つまり、自分の青春へのセンチメンタリズムではしゃいでいるだけなのだ。

おれが若かった時、お前も若かったなあと確認しあい、昔を思い出して酔っているだけのことで、友情があるのとは違う。

互いに刺激しあい、影響しあったという意味での友だちは、老人にはもうできないし、いらないのだと思う。

老人にいていい友だちとは、軽く声をかけあうぐらいの同好の士であろう。畑いじりをしている者同士とか、碁敵とか、写真が趣味の者同士とか、釣り好き同士とか。

そんな相手と、どうですか調子は、あまりうまくいきませんなあ、ぐらいに声をかけあうのが、老人にふさわしい友だちであろう。

◆この年になったら、「友」は捜すだけムダ

この段の書きっぷりはユーモア満点である。

そもそも、友とするのに良くない人が七種類あると、いきなり数字を出すやり方が、遊んだやり方だ。そしてその七つが、少しずつ意外なのもいい。

高貴でやんごとない人は、友には向かない。そもそも対等に話ができないではないか。

二つめは若い人。これも、実にいろいろなことを感じさせてくれる。若い人とは興味を持つことが違っていて話が合わないからなあ、と考えてもいいが、若い人ってバカだもんなあ、と思ってもいいような気がする。

三つめは、病気知らずの頑健な人。これもおもしろい意見だ。ひたすら健康な人って、弱い人への思いやりができないし、ちょっとバカであることが多いし、話していても退屈なだけ、というようなイメージがある。

四つめは、大酒飲み。少したしなむ程度なら兼好も理想の男だと言っているくらいなのだが、大酒飲みはたいていの場合、迷惑な存在だ。わめきちらしたり、からんできたりして、時にはゲロさえ吐いて、そんな様子なのを介抱してやったのに、翌朝になると覚えてもいないんだもの。

五つめは武士。つまりは軍人。勇猛なだけの野蛮人ですね（余談。軍人＝勇猛なだけの野蛮人、と私が思ってしまい、日本人の多くが賛同するのだとしたら、それが日本が戦争に弱い国である原因でしょうね）。

六つめはウソつき。

七つめは欲の深い人。このあたりは順当なところでしょう。

だが実は、この段のユーモアはこの先にある。

では友とするのにいいのはどんな人か、という話になるわけだが、そこにたくらみがある。

そもそも、友とするのに悪い人は七種類もあったのに、友とするのに良い人は三種類しかない。友にするほどの人ってなかなかいないよ、という兼好の皮肉がその数字からもうかがえる。

そして、友とするといい人というのが、ほとんど冗談だ。愚かな人の質問に、へらへら笑って答えている調子なのだ。

友とするのにいい人とは、ものをくれる人だ。ほら、ふざけているでしょう。友とするのにいい人は、医者だ。これも、ほとんど笑い話である。たしかに医者が友だとなにかと心強いけど、医者って安易に手術すれば治るよ、と言うところがあり、私には恐ろしい人種だ。

そして友にしていい人のラストは、知恵のある人だ。何度も指摘したが、兼好が知恵のある人、と言った時は、おおむね自分のことなのである。

とすると、この一見とてもおもしろく読める段には、この世に、友にしていい人間なんてほとんどいないよ、私を除いては、という内容だとも言えるのである。

もっと激しい皮肉だと受け止めれば、友だちなんて求めても、この世にろくな奴はいないよ、ということを冗談にまぎれさせて言っているようにもとれるのである。

◆旧友は「暇つぶしの士」と割り切ろう

以前にNHKで、立川志の輔さんが吉田兼好の役をして、子ども向けに徒然草の内容を伝えていくというバラエティ色豊かな番組をやっていた。『兼好さんこんにちは』とか『おーい兼好』とか、覚えてはいないのだがそんなセンスの題名の番組だった。

私はその番組に一回だけゲストで出たことがある。いろいろと志の輔＝兼好さんにインタビューされ、答えたわけだ。

「清水さんは、若い時から兼好の徒然草を読んでいらっしゃったんですか」

「はい。好きでよく読みましたね。小学六年生の時に、徒然草の全訳の載った豆本を買って、よくあちこちの段を読んでました」

「そんな子どもの頃からですか。あの、徒然草ってどちらかというと、中年男の兼好さんが、今の世の中はなっちゃいないとか、若い者はどうしようもないとか、おじさんの思想が書いてあると思うんですが、それを小学生が読んだんですか」

「はい。そうだそうだ、まったく若い者はなっちゃおらんものなあ、と同感して読んでました」

「ひえーっ。なんというジジむさい小学生だったんですか」

というやりとりがあったことを覚えている。そして、もっと思い出してみると、私は小学生の時、この第百十七段をとくに好んで読んだ記憶がある。もちろんはじめは、いい友とはものをくれる人だ、というようなところに、この人冗談を言ってるんだな、と感じて、そのユーモアが気に入ったのだ。医者も友にはいいのか、なるほど病気の時に相談に乗ってくれたり、助けてくれたりするものな、と。

だが、高校生ぐらいの時には私は、この段を兼好の友だち無用論として読んだような気がする。

友だちの一人もいないような人間なんて寂しいものだ、とか、友がいてこそ力を合わせて助けあえる、というような一般論に対して、兼好が、友だちになりたいような人間なんてほとんどいないんだ、ということを冗談の口調で言っているような気がするのだ。

実際問題として、私には友だちと言っていい人間が何人かいる。

人生のいろんな場面で出会って、若い時ははしかにかかるように、長じてからは無聊《ぶりょう》をなぐさめるために、一応の友だちづきあいをしてきている。そういう友があったことは喜ばしいことである。人生を振り返って、あの時あの友には助けられたな、と感謝していることも多い。

だが根本的なところでは私は、兼好のように、友だちに多大な期待をしちゃ失望も大きいよ、と思っている人間かもしれない。友だちとは、自分に都合のいい人間のことじゃないよなあ、とか。

若い時には友だちはとてもありがたいものである。未熟な者同士で、しかし少し個性の違う人間が、刺激しあい、思いがけないような考え方を教えてくれる。それによって、理想的な場合には両者が、ぐんぐん高みに登っていけるのだ。若さには、友だちは何よりの栄養剤だ。

だが、年を取って、もう六十歳も過ぎてみると、友だちとは、我々も若かった頃があるという確認のための存在のようでもある。俗に言えばくされ縁でつながっているだけだったりして。

老人になってくると、私もそうだし、友だちのほうも、だんだん元々の人間に戻ってくる。そうそう、ずーっとこの人はこうだったよ、という気がするばかりで、今さら刺激を与えあって変わるはずもない。

人間、誰とも関わらずに黙って生きていたら、孤独と退屈でおかしくなってしまうものであり、そうならないためには友だちがいるといいよ、ぐらいに思うだけだ。

◆妻を「友とし、相棒とする」のも、また楽しい

そう考えていくと、実は、友だちとするのにもっとも良い人が誰なのか、私にはわかった。

ただし私の考えたことは、兼好には絶対に思いつけないことだ。なぜなら、時代が違い、社会が違うからである。いかに兼好が賢い人でも、世の中にまったくない

風潮までを想像することはできない。

私の考えた、友とするのにもっともいい人とは、趣味も似ていて、価値観も似ていて、弱っている時には力を貸してくれる相手、つまり、妻である。

古女房などもう女と意識したこともないよ、と思う人が多いだろうが、だから友だちにするのにいいのだ。

この話、のろけだと思われたら非常に不本意だ。どうか誤解しないでほしい。のろけではないから、私はこの意見をみなさんにもすすめたいのである。

私と妻は趣味に、似ているところもある（似ていないところもある）。あれやこれや、よく会話をするほうである。海外旅行などに行くと、二人で知恵を出しあってトラブルを解決していく。

ま、そのぐらいのもので、特別におしどり夫婦だというわけではない。年を取ってもベタベタしている、なんてことはない。ケンカだって時にはする。そういう、中庸な夫婦だ。ベタベタしないが、憎みあっているわけではない。人生の相棒として、共に生きていくことを、ま、喜んでいる。

そういう妻が、友だちだととてもいいですよ。友として、力を貸しあい、足りないところを助け、具合が悪そうなら心配し、必要だと思った時には医者へつれていくのだ。

今年食べたもののうちでいちばんおいしかったものは何だろう、という話のできるのは妻だけなのである。

次はどんな映画を見ようか、の相談相手も妻だ。

今、『源氏物語』をドラマ化したら光源氏を演じてほしいのは絶対に小栗旬だよね、というところで意見が一致したりすると、おお、あんたもわかっているではないかと手でも合わせたくなる。

というわけで、兼好とは違う意見だが、友だちとするのにもっとも良い人間は、いっしょに生活しなきゃいけない妻である、というのが私の考えである。

「自分が死んだ後のこと」は考えるな

◆子どもから「自立」できる親、できない親

兼好は時として人の意表を衝くようなことを強く断定的に言うことがある。この段で、子どもなんてないほうがいい、と言っているのもそれであろう。若くてまだ独身の人に言うならその意見もありうるが、世間の人全般に対して言うのに、子なしが良い、という論は無意味である。既に子がある人が多くて、そんなこと言われても今さらどうにもならん、ということになるのだから。

だから、この段を読んでみて考えるべきは、兼好がその極論で言いたかったこと

その人がとても高い身分だったとしてもそうなんだが、ましてやものの数にも入らないぐらいに低い身分なら、子どもなんてものはないほうがいいよ。

偉い人はみんな、子どもなんかないほうがいい、と言っている。前中書王もそうだし、九条太政大臣も、花園左大臣も、みな、一族の絶えることを願っておられたよ。

染殿大臣も、「子孫なんぞいないほうがようござる。子孫がだんだん劣っていくのは、情けないことですからなあ」と言っていたと、『大鏡』に書いてあるよ。

〔第六段より〕

をふまえて、現にいる自分の子どもとの関係を振り返ってみる、ということだろう。

兼好は、一族が絶えるほうがいい、と言っている。つまり、子を持つとどうしても、子子孫孫と栄えてくれ、と願ってしまうことの愚かさを訴えているわけだ。子どもに将来の夢をかけるな、ということだ。

丁寧に考えていこう。子どもと言っても、成長段階がいろいろある。がんぜない乳幼児のうちは、何くれとなく親が手をかけて育てていくしかない。少年少女期にも、何かの才能を伸ばしてやろうと、親としては口出しせずにはいられないものだ。そういうことはそれでいいんだと思う。

それから子どもは青年期に入り、成人していく。そんなところで、親は子どもとの関係を考え直さなければならないのだ。なぜなら、もう子どもに期待をかけず、自立させるべきだからだ。その意味で、子どもなんかいないほうがいいのだ。つまり、しっかりと大人になってもらわないといけないということだ。

子どもを自立させない親であってはいけない。子どもは親の所有物ではないし、身代りでもないのだ。

子どもを自立させるということは、親が子どもから自立するということでもある。親が最晩年になって、誰かの介護の必要がある時になっても、できれば子どもの世話にはなりたくないものだ（そうはいかない場合もあるだろうが）。

とにかく、基本的には子どもは自立させ、ある意味バイバイして、あとは勝手に生きさせる。そして親も子どものことは忘れて勝手に生きる。そのようにバラバラになることが、子育ての目標なのである。子どもを親の都合で縛ってはいけないし、親が子どもに縛られていてもいけない。

兼好の言う、子どもなんていないほうがいい、という論から、現に子どものいる人への教訓を引きだすとするならば、そんなところだろう。つまり、子どもはとっとと自立させ、関係ないものになろうというわけだ。

冷たい親子関係のようだが、よく考えてみればそれは子どもをちゃんと大人にした（そしてバイバイした）ってことで、めでたい話なのである。

ところで、昨今の五十代、六十代の親で、こういう気がかりを抱いている人が多いかもしれない。子が（息子でも娘でも）、もう三十歳近いのに、またはもう三十歳を過ぎているのに、まだ結婚せず独り身でいる。それが気がかりでならないと。

結婚平均年齢が上がっているから、その心配を抱えている人は決して珍しくない。

しかし、それについても口出しはしないほうがいい。相手はもう自立している大人で、親が口出ししてはいけないのだ。

ただ、結婚していて伴侶がいると、寂しくなくていいものだよというのを、自然に見せてやるのがいい。若い時は独身も気楽でいいが、年取った時に一人では寂しい、ということに気がつかせるのだ。

それには、老夫婦で海外旅行をするのがいちばんだ。あれは、どうしたって夫婦が会話し、協力しあわなければできないものだからだ。そして後で楽しい思い出話もできる。そんな姿を子どもに見せることは、大きな影響力を持っているのである。

◆「子を想う心」があるから「人の情」もわかる

冒頭の超訳で、前中書王とは誰なのか、とか、九条太政大臣とはどういう人なのかを、（　）の中に説明しようかと思ったのだが、やめた。

どなたかのお子で、こういうことをした、ということがわかっても、結局はよく知らない人で、ありありとわかるわけではないからだ。なんとなく、その当時の有名人で、偉いと思われていた人なんだな、と思って読めばいい。

「偉い人はみんな、一族の絶えることを願っていたよ」というのがこの段の主題だ。これはかなり意外な論ではないだろうか。

引用した部分の後に、超有名人のエピソードが書かれている。ざっと翻訳してみると、こうだ。


「聖徳太子が生前に自分の墓を築かせたことがあったのだが、墓所を見て、『ここを切りつめなさい、あそこを省略しなさい。なるべく小さな墓にして、子孫などないようにと願うのだから』とおっしゃったそうだよ」

それにしても、子どもはないほうが良く、一族の絶えるのが望ましいとは、極端な主張である。ギョッとしちゃうくらいのものだ。

ところで、兼好は徒然草の中で、しばしばまったく矛盾したことを平気で書く。読んでいて、あれ、さっきと逆の意見が書いてあるじゃん、と思うことがあるのだ。でもそれは、局面ごとに、テーマごとに考えているからで、そう目くじらを立てて咎《とが》めることではないのだ。

実は、この第六段と、一見まったく逆に思えることが第百四十二段に書いてある。その部分を紹介してみる。

[第百四十二段　子どものない人はダメ]

人間の情などまるでわからないんだろうなという感じの人が、たまにはちょっといいことを言うことがある。ある荒くれた田舎武士が、仲間にむかって「子どもはいるのかい」ときいたところ、「一人も持っておりません」という答えだったそうだ。

すると荒くれ武士はこう言った。

「それでは、ものの情というものがわからんだろう。そういう奴は心の中が冷酷で、恐ろしいな。子どもがあるからこそ、いろいろな情というものがわかってくるのに」

まったくそのとおりである。

子を愛する心を知っているからこそ、そういう荒くれ男にも人を慈しむ情がわくのだよ。たとえば、親に孝行しようなんて考えたこともないような人間でも、自分の子を持ってはじめて、親のありがたさがわかるんだよ。

ここでは、子どものない人間には人の情がわからなくて、どうしようもないよな、という主張がされている。子どもがいてこそまともな大人だよ、という意見だ。

◆子孫繁栄より、まず「自分の人生」

子どもはいたほうがいいのか、いないほうがいいのか、どっちなんだよ、とツッコミたくなる。

しかし、こっちで言っていることは、子どもがない男にはもののあわれや、慈愛の心がわからなくて冷たいものだよ、という主張だ。その意味では、子どもがあるのはいいものだ、と言っている。

第六段では、一族の栄えなんてものを子どもに託して望むのはやめようよ、と主張しているのだ。そういう期待をするのなら、その意味での子どもはいないほうがいいんだ、と言っているわけだ。つまり、兼好がここで言っていることは、子孫の繁栄なんてものを望んじゃいけない、ということなのだ。その主張をインパクトのあるものにするために、子どもはいないほうがいい、と刺激的に言っているわけだ。

しかし、その主張は我々にはなかなか理解し難い。一族の絶えてしまうのを望むというのは、生物としてありえないことではないだろうか、という気がする。

兼好はとりあえず出家していて、仏道にある人だからそういうことを言うのであろう。この世は無常なんだと知り、我執を捨てて、事実を受け入れよう。それが解脱である。という哲学から、一族の絶えることを願うのだ。

だが、仏教者ではない我々は、なかなかそんな境地にはなれない。

普通の人間は、どうしたって子孫の繁栄を願ってしまう。自分の子どもは、未来への希望だ、なんて気がするのだ。その希望があるから、自分の死も受け入れられる、という感情が一般的ではないだろうか。

最近は、他人の心に土足で踏み込むようなことはしないように、という社会風潮なのであまり言わなくなったことだが、四、五十年前には、子どものない人に対して、それは寂しいことですね、とか、残念ですなあ、などと平気で言ったものだ。

人々に家意識が強くて、家が継続していくことは目出たい、という思いが普通だったからだ。結婚したカップルに対して、当然のことのように、早く子どもに恵まれるといいね、なんて言った。そのせいで、なかなか子どものできない夫婦が、焦ったり、苦しんだりしたこともよくあった。そういう、時にはむごいことを、人々は普通のことだと思って口にしていたのである。

そうだ、子宝という言葉さえあったではないか。家にとって、子は宝だったのである。子どもが生まれることは疑いなく目出たいことだったのだ。

近頃は、デリカシーなくそういうことを他人に言わなくなってきて、それは良いことだと思う。一組の男女は、別に家の栄えのために結婚したわけじゃない、と考えるほうが私は好きだ。

しかし、多くの人の心の中に、子どもがあって、一家が栄えていくのは幸せなことだという意識が、今だってやはり強くあるだろうと思う。一族の絶えることを願う、というのはなかなかないことだ。

どうしても、兼好の言っているようには考えられないのである。

しかし、兼好の言っていることを少しばかり広義に考えてみよう。

一族の栄えるのを願うな、というのは、つまり、未来に望みを託すな、ということである。子子孫孫まで家が栄えていくと思えばこの世に未練はない、というような考え方はやめよう、である。

自分の人生の価値は、家がつながっていく中にあるのではないのだ。家なんかたとえ途絶えようが、あなたの人生には意味も価値もある、というふうに私は考えたい。

自分が死んだ後の一族のことなんて、知ったことか、どうだっていいよ、と考えるほうがまともだし、力強いことだと思う。そんなことに夢を託し、そのことに子どもを縛りつけようとするのは、すごく甘えた人生観なのである。

◆子どもは、親のコピーでもクローンでもない

というわけで、ここからは私の子育て論になる。

世の親たちの多くが、ともすればしてしまうのが、子どもを希望のよすがにすることだ。つまり、自分の希望のかなうことを、子どもに期待してしまうのだ。考えてみれば、それはむちゃくちゃな期待なのである。

どうして親の夢を、その子どもが担わされるのだ。親の夢は親が自分で追い求めるべきである。子どもは、その子自身の目標のために生きてこそ幸せなのであり、親の期待に縛られるのはとんだ迷惑ではないか。

当たり前のことだが、親と子は別の人格を持った別人なのである。

子どもはけっして、親のコピーでもクローンでもない。

子育てとは、自分とは別人である子どもを、生きていける大人にまで育てあげることで、育てあがったら巣立ってもらわなければならない。巣立っていってくれた

なら、それこそ目出たいことなのである。

なのになんだか近頃、親と子がうまく別人になっていかないような傾向にあるのではないだろうか。親が子に同化したりして、ちっとも子離れしないのだ。まるで二人で一人だと思っているかのようだ。

子どもに期待をかけすぎるのはよそう。

自分の子どもが、幸せになってくれるようにと望むことは、親として当然の心理で少しも悪いことではない。

しかし、それがいつの間にか、我が子にはいい人生コースを歩んでほしいとか、孝行してほしいとか、早く嫁に行ってほしいとか、近くに住んで老後の面倒を見てほしいとかいう、自分中心の期待になってしまうのは親の甘えすぎなのである。そして、親にそんな期待をかけられたら、子どもはちゃんと自立した大人に育ちあがらないのだ。

子どもにはその子自身の人生を歩ませるべきであり、親の人生のやり直し版を求めるのはとてもひどいことである。

親と子のつながりについて、私はこの頃こんなことを思ったりする。

今、老境にさしかかりつつある私と同じ世代の人たちは、親の老後の面倒を見る最後の世代であり、子に、老後の面倒を見てもらえない最初の世代なのではないだろうか。

しかし、それでいいのだ。少なくとも、子どもの人生を私にさし出させはしなかった、という喜びを感じることができる。寂しくのたれ死にすることは少しもこわくない。ちゃんと我が子を大人にして巣立たせたという自負が持てるなら、なにより幸せではないか。

「二十代、三十代、四十代」上手につきあう

◆「物わかりのいい」五十代より、「一目置かれる」五十代

この段で兼好は若者論をやっている。

もちろん、若者に好意的な論ではない。若者とは愚かで、気分屋で、おっちょこちょいで、危っかしくて見ていられないというような内容だ（だがこの段では、老人論もやっていて、その長所と欠点も書いており、意外に公平である）。

そして、前出の項で、友とするのに悪いものとして、若い人をあげているくらいだから、兼好は若者と親しくなろうなんてまったく考えていない。若者なんて情熱

若い時は血気が体内にあまるほどあり、心は物事に動じやすく、色情が盛んである。自分の身をあえて危険にさらしてつい滅ぼしがちなところは、珠を勢いよく投げころがすのと同じようなものである。美しい女を好み愛して、そのために財宝を使いはたすことがあると思えば、逆にそんなものは捨てて出家遁世《とんせい》してみたり、考えが極端から極端に走ってクレージーなほどだ。

他人と競争したがり、心の中では、ある時は恥じ、ある時はうらやましがって、好みのものも日に日に変わって一定しない。色事に没頭するかと思えば、他人の愛情に感動したりで、一種の感激バカである。いさぎよいことしかしないぞ、と決めて暴走して、長い先のある人生を台なしにしたりする。短く命を失った人のことをカッコいいことだと考えて、自分の命が安全に長く続くことを大切に思わず、ただ夢中になることにばっかり気がいって、その結果、長く世間の語り草になったりだ。

まったくもって、若いってことは、身をあやまつために生きているようなものだ。

〔第百七十二段より〕

バカだから近寄らないようにしよう、ぐらいに思っている感じだ。

しかし現実の社会で、兼好のように出家して世捨人になっているわけではない中高年の現代人は、若者は嫌いだからつきあわないとは言ってられない。たとえば五十代のサラリーマンなら、上司として若いサラリーマンともつきあわなければならない。若い社員に慕われ、尊敬もされたい。

さて、若い部下とどうつきあったものか。

まず言えるのは、全面的に親しくなることは無理だろう、ということだ。若者には活力があり余っており、つまらないことをおもしろがり、無知で、無鉄砲で、手に負えない。かと思うと、近頃の若者は妙にシャイで、覇気《はき》がなく、欲が小さくて、引っこみ思案だったりもする。そんな者とどうして全面的に親しくなれようか。

若い人に好かれようと、にじり寄っていくのは考えものである。無理して新しいアイドル・グループのメンバーの名を覚えて連呼し、最新のヒットソングを歌ってみたりするのは、軽い上司だなあ、と思われるだけだ。私もツイッターをやり、フェイスブックで友だちをつくっているんだよと媚《こ》びてみても、あんまり尊敬はされない。

かと言って、頭ごなしにやっつけるのもよくない。そんなことも知らんのかね、とオイルショックの時の話を持ち出しても、若者はしらけるだけだ。君らは頼りないなあ、なんて評すると、最近の若者は本当にめげて落ちこんでしまうから厄介だ。

だから原則として、君たちには未来があるからそこがいいよと、認めてやらなきゃいけない。若いんだもの、大いにやりなさいと応援するのだ。一度や二度失敗したっていくらでもやり直せるじゃないかと力づけてやる。そんな、優しくて力を引き出してやる上司でいればいいのだ。

しかし、ただもう全面的に物わかりのいい優しい上司であるだけでは物足りない。それだけだと、若い者はすぐ調子に乗るから、ナメてかかってくることがある。だから、どこかでは一目置かせなければいけない。この大先輩、やっぱりどこかすごいところがあって、あなどれないなと思われなければならない。

基本的には好意的で優しい人生の先輩が、時としてすごく頼りになったり、勉強になったりする、というのがいいだろう。

ふと、自分が若い頃にした失敗の話をし、それをいかに取り返したかを教えてやって、ためになるなあ、と思わせるのもよい。同じ日本国内でも、東北地方ではこういうビジネスをしないとうまくいかないんだ、なんてことを教え、経験があるってすごいことだな、と思わせるのもよい。五十代にはそれなりのキャリアがあるんだもの、一目置かせるのなんてたやすいことのはずだ。だから、若者に合わせて低く下りていってはいけない。

ちょっとだけ教えてやり、それ以外では若さに期待しているよと、若者をいい気分にさせておく。それが五十代の人間の若者とのつきあい方である。若い部下なんてどうしようもないものだが、育っていってくれなきゃ困るわけで、少しだけ自分がお手本になってやればよいのである。

◆「若さとは恥をかくこと」と、おおらかに考えよう

この段はもう少しあって、そこには、反対に老いた人はどうだ、ということが書いてある。そこも見ておいたほうがいいので、現代語訳してみよう。

「年を取ってしまった人は、気力が衰えて、あっさりしていて物事に執着せず、心がものに感動するってことがなくなる。心中がおのずから静かだから、無益なことはせず、自分の身を大切にいたわって病気の心配のないようにし、他人に心配をか

けないようにと願う。

年を取れば知恵が若い時に比べてまさるのだが、考えてみれば、若い時には見た目が老人よりまさっているものなあ」

この段に書いてあることは、大方納得できることで、奇をてらった変なことは書いてない。

大ざっぱに分ければ、若い時というのは激しくて愚かで、年を取った者は落ちついていて知恵がある、ということになっているが、若いことをただ悪く書き、老いていることをともかく良く書く、というほどには差をつけていない。しめくくりの文章には、年を取れば知恵があるが、若い時は容色がいいものなあ、と両者の美点が書いてあり、意外に公平である。

若い時はどうだというのを簡単にまとめると、血気が盛んで暴走しやすく、思考が極端に走りがちで、勝った負けたにこだわり、格好をつけて無茶なことをして身を滅ぼすこともある、というところか。

反対に老いた人はどうかといえば、気力が衰えて感動が弱くなり、身をいたわって人に迷惑をかけることが少なくなる、かな。

これは、そう変な意見ではない。むしろ、兼好の公平な見方にビックリする。前のほうの段では、何ごとにつけても昔のほうが良く、近頃の若い者は悪くなっていく一方だ、なんて言ってたのに比べると、この段の若者観は落ちついている。

近頃の若者は、という枕言葉があれば、老人のすべてが、なっちゃいない、と言いたくなるものだが、そうひどくは言っていない。

それどころか、老人は落ちつきがあって知恵があるが、容貌《ようぼう》がきたなくなってるよ、と老人の否定面も書くのだ。意外だなあ、という気がする。

自分のことを振り返って思うのだが、若い時のことはいろいろと恥ずかしい。いちばんわかりやすいことだと思うので、セックスのことを書こう。

若い時というのは頭の中がセックスのことだらけで、生物としてそうできているのだから仕方がないと思うものの、バカバカしいほどセックスにとらわれていた。

しかし実生活においては私は一般よりも性体験が遅いほうで、童貞時代が長かった。

たまたま、風俗産業になじめず、そういうところで性欲を処理するのを好まない人間であったので、よけいに性体験が遅かったのだ。

だからセックスに対して、興味はものすごくあるのに、意欲があるというふうではなかった。なんとなく気おくれもして、少しこわい。つまりそれは恥をかくのがこわいということだった。

しかし、もっと恐れていることは、セックスに対して気おくれのしている童貞だということが他人の目から見てハッキリとわかるということだった。だから、猥談《わいだん》にも参加し、あんなことはどうってことないもので、いやあ女にはいろいろ惑わされますなあ、という顔をしていた。そういうふうに、わかってますもんね的態度を取っていた。

そこまで告白しただけでもめちゃめちゃ恥ずかしい。

人と性との関わりはそんなシンプルなものではなく、もっともっとうんざりするほどのごちゃらごちゃらがあるのだが、それを全部書くことはあるまい。たったこれだけを告白しただけで、若いってことは恥ずかしいことだなあと、否応なくわかるではないか。

セックス以外のことでも、若い時の自分を思い出すと、格好のつけ具合、気取り方、傲慢なほどの自己信仰、なのについ身を引いてしまう気おくれ、などなど、恥ずかしいことばかりだ。あの時どうしてあんなにムキになって熱弁してしまったのだろう、とか、思い出しては赤面することがいっぱいある。

◆「時に赤面しながら、のうのうと生きる」

しかし、そこまで考えて私はふと不安になる。今年六十四歳で、もう若くはない私は何も恥ずかしいところがないのだろうか。兼好の言うように、心は落ちついていて、知恵があり、身をいたわり、他人に心配かけないように生きているだろうか。

とんでもないぞ、という気がする。若くなくても、やっぱりスケベ心はある。時として、深酒をして醜態をさらすこともある。あれは三日間ぐらい落ち込む。若い人気作家が続々と出てくれれば、もう私の時代は終わりかけているのかなあと情けなく思う。そのせいで、時には大物ぶったりもする。

　要するに、年を取ったって恥ずかしいことはいくらでもあるではないか。知恵があって落ちついている老人なんてあんまり見たことない、と言いたいほどだ。

　私はこの段の兼好の主張に反論したいわけではない。一般論としては、兼好の言っていることは、ほぼそのとおり正しいと思う。兼好にしてはひねりがきいておらず、公平でもの言いが穏やかなことに意外感を持つくらいだ。

　しかし私は思考に刺激を受けた。ここに書かれていることはほぼそのとおりなのだが、でも、そうじゃない一面もあるんじゃないか、と考えを誘導されたのだ。

　若者はとかく暴走し、むちゃなことに挑戦してははね返される。それはほぼそのとおりだ。だが、そういう若者が十人いればそのうちの一人が、いや、百人いてそのうちの一人かもしれないが、その一人が今まではなかった新しい扉を開ける、ということもあるのではないだろうか。その新しい扉を開けるがための、失敗者九十九人なのだとしたら、その九十九人も無価値ではないと考えられないか。

　若者は短慮だから、気分のままに何かを始め、多くは失敗して身を滅ぼす。いや、それも違うのではないか。

かなり大きな痛手をともなう失敗をしても、しばらくたてば立ち直る力を持っているのが若者だ。二度や三度の失敗でくじけるのではなく、それでも立ち直って次の挑戦をすることができるのが若さである。つまり若いってことは、修復が可能なのだ。

初体験のことに若者はうろたえる。しかし、うろたえつつも、とにかくやってみるのが若者だ。だからこそ何かができるのである。

老人にはもう活力がなく、新しいことに挑戦するってことがない。生涯かけて自分が知ってきたことの中で生きていこうとする。場合によっては、若者が失敗してうろたえている時に、人生上の経験にモノを言わせて老人が適切なアドバイスをすることもある。

こんな時はまず原点に立ち返ってみることだ、などと。そのアドバイスによって若者が進むべき方向を見つけることもあるかもしれない。

しかし、そんな適切なアドバイスのできない、何の役にも立たない老人もたくさんいる。むしろ、老人は次の時代になってしまうとほとんど無力なのだ。

老いていくというのは、本当に、焦りがなくなり物静かになり、他人に心配かけないものになっていくだろうか。そういう老人もいないわけではないが、ただもう頑固になって他人の言うことをきかない困り者になるだけの老人も多いのではないか。

老化していくということは、一つひとつ可能性を失っていき、結局はその人のもともとの資質が、小さく固まっていくということでもある。

この人には柔軟性があるから未来の可能性がいくらでもあるなあ、というふうに見えた人が、年を取るに従って、だんだん柔軟性を失っていき、なんだ、もともとはこれだけの人だったのか、というところに固まっていくのが老化である。

そんなふうに、限界をさらしてしまった人が老人、とも言えるのである。そういう、社交性さえ失って幼児のような身勝手なもともとのその人に戻ってしまったおじいさん、おばあさんを何人も見ているではないか。

そう考えてみると、私は、若いってことは恥ずかしいことだ、と言ったのだが、老いていることもまた、恥ずかしい一面を持っているのだ。つまりは、生きていくというのは恥ずかしい、というのも一方の真実なのだ。

兼好の言っている一応まともな老若論に、はてな、を投げかけてみて私にはそういう結論が見えてきた。

若いってことは恥が多いが、可能性があってそこが素敵だ。

老いているってことは知恵があって落ちついているのだが、可能性に背を向けて固まっているだけだとも言える。

結局は、生きていれば美点もあるが、恥ずかしいことも大いにあるのだ。

しかし、私はその生きているが故の恥を、嫌悪しない。生きているってことは恥ずかしいことだが、でも喜ばしいのだ。恥ずかしながら生きております、という点では若者も老人も同じで、でもそれはよく考えてみるとうれしいことなのである。

私は、時に赤面しながら、でも、のうのうと生きている人間を愛す。

1章 徒然草 原文

人は、かたち・ありさまのすぐれたらんこそ、あらまほしかるべけれ、物うち言ひたる、聞きにくからず、愛敬《あいぎやう》ありて、言葉多からぬこそ、飽かず向はまほしけれ。めでたしと見る人の、心劣りせらるゝ本性見えんこそ、口をしかるべけれ。(中略)

手など拙《つたな》からず走り書き、声をかしくて拍子とり、いたましうするものから、下戸ならぬこそ、男はよけれ。

[第一段より]

或人《あるひと》の云はく、年五十になるまで上手に至らざらん芸をば捨つべきなり。励み習ふべき行末もなし。老人の事をば、人もえ笑はず。衆に交りたるも、あいなく、見ぐるし。大方、万《よろづ》のしわざは止めて、暇《いとま》あるこそ、めやすく、あらまほしけれ。世俗の事に携はりて生涯を暮すは、下愚《かぐ》の人なり。ゆかしく覚えん事は、学び訊《き》くとも、その趣を知りなば、おぼつかなからずして止むべし。もとより、望むことなくして止まんは、第一の事なり。

［第百五十一段より］

命あるものを見るに、人ばかり久しきはなし。かげろふの夕べを待ち、夏の蟬《せみ》の春秋を知らぬもあるぞかし。つくぐ〳〵と一年《ひととせ》を暮すほどだにも、こよなうのどけしや。飽かず、惜しと思はば、千年《ちとせ》を過《すぐ》すとも、一夜の夢の心地こそせめ。住み果てぬ世にみにくき姿を待ち得て、何かはせん。命長ければ辱《はぢ》多し。

［第七段より］

名利《みやうり》に使はれて、閑《しづ》かなる暇なく、一生を苦しむるこそ、愚かなれ。財《たから》多ければ、身を守るにまどし。害を買ひ、累《わづらひ》を招く媒《なかだち》なり。（中略）愚かなる人の目をよろこばしむる楽しみ、またあぢきなし。大きなる車、肥えたる馬、金玉の飾りも、心あらん人は、うたて、愚かなりとぞ見るべき。金《こがね》は山に棄て、玉は淵に投ぐべし。

［第三十八段より］

身死して財《たから》残る事は、智者のせざる処《ところ》なり。よからぬ物蓄へ置きたるもつたなく、よき物は、心を止めけんとはかなし。こちたく多かる、まして口惜《くちを》し。「我こそ得め」など言ふ者どもありて、跡に争ひたる、様あし。後は誰にと志す物あらば、生けらんうちにぞ譲るべき。

朝夕なくて叶はざらん物こそあらめ、その外は、何も持たでぞあらまほしき。

［第百四十段より］

2章

万《よろづ》の事は頼むべからず。愚かなる人は、深く物を頼む故に、恨み、怒る事あり。勢ひありとて、頼むべからず。こはき者先《ま》づ滅ぶ。財《たから》多しとて、頼むべからず。時の間に失ひ易し。才《ざえ》ありとて、頼むべからず。孔子も時に遇《あ》はず。徳ありとて、頼むべからず。顔回《がんくわい》も不幸なりき。君の寵《ちょう》をも頼むべからず。誅《ちう》を受くる事速かなり。奴従《やつこ》へりとて、頼むべからず。背き走る事あり。人の志をも頼むべからず。必ず変ず。約をも頼むべからず。信ある事少し。

［第二百十一段より］

人は、己れをつゞまやかにし、奢《おご》りを退けて、財《たから》を持たず、世を貪《むさぼ》らざらんぞ、いみじかるべき。昔より、賢き人の富めるは稀なり。

唐土《もろこし》に許由《きょいう》といひける人は、さらに、身にしたがへる貯《たくは》へもなくて、水をも手して捧げて飲みけるを見て、なりひさこといふ物を人の得させたりければ、ある時、木の枝に懸けたりけるが、風に吹かれて鳴りけるを、かしかましとて捨てつ。

［第十八段より］

とこしなへに違順《ゐじゅん》に使はるゝ事は、ひとへに苦楽のためなり。楽といふは、好み愛する事なり。これを求むること、止む時なし。楽欲《げうよく》する所、一つには名なり。名に二種あり。行跡《かうせき》と才芸との誉なり。二つには色欲、三つには味ひなり。万《よろづ》の願ひ、この三つには如《し》かず。これ、顚倒《てんだう》の想より起りて、若干《そこばく》の煩《わづら》ひあり。求めざらんには如かじ。

［第二百四十二段より］

万にいみじくとも、色好まざらん男は、いとさうぐ〳〵しく、玉の卮《さかづき》の当《そこ》なき心地ぞすべき。

露霜にしほたれて、所定めずまどひ歩き、親の諫《いさ》め、世の謗《そし》りをつゝむに心の暇《いとま》なく、あふさきるさに思ひ乱れ、さるは、独り寝がちに、まどろむ夜なきこそをかしけれ。

［第三段より］

3章

久しく隔《へだ》りて逢ひたる人の、我が方にありつる事、数々に残りなく語り続くることそ、あいなけれ。隔てなく馴れぬる人も、程経《ほど》て見るは、恥づかしからぬかは。つぎざまの人は、あからさまに立ち出でても、今日ありつる事とて、息も継ぎあへず語り興ずるぞかし。

［第五十六段より］

今日はその事をなさんと思へど、あらぬ急ぎ先《ま》づ出で来て紛《まぎ》れ暮し、待つ人は障りありて、頼めぬ人は来たり。頼みたる方の事は違ひて、思ひ寄らぬ道ばかりは叶ひぬ。煩《わづら》はしかりつる事はことなくて、易かるべき事はいと心苦し。日々に過ぎ行くさま、予《かね》て思ひつるには似ず。一年《ひととせ》の中《うち》もかくの如し。一生の間もしかなり。

［第百八十九段より］

老来りて、始めて道を行《ぎやう》ぜんと待つことなかれ。古き墳《つか》、多くはこれ少年の人なり。はからざるに病を受けて、忽《たちま》ちにこの世を去らんとする時にこそ、始めて、過ぎぬる方の誤れる事は知らるなれ。誤りといふは、他の事にあらず、速かにすべき事を緩くし、緩くすべき事を急ぎて、過ぎにし事の悔しきなり。その時悔ゆとも、かひあらんや。

［第四十九段より］

花は盛りに、月は隈《くま》なきをのみ、見るものかは。雨に対《むか》ひて月を恋ひ、垂れこめて春の行衛《ゆくへ》知らぬも、なほ、あはれに情深し。咲きぬべきほどの梢《こずゑ》、散り萎《しを》れたる庭などこそ、見所多けれ。歌の詞書《ことばがき》にも、「花見にまかれりけるに、早く散り過ぎにければ」とも、「障《さは》る事ありてまからで」なども書けるは、「花を見て」と言へるに劣れる事かは。花の散り、月の傾くを慕ふ習ひはさる事なれど、殊にかたくななる人ぞ、「この枝、かの枝散りにけり。今は見所なし」などは言ふめる。

万《よろづ》の事も、始め・終りこそをかしけれ。男女の情も、ひとへに逢ひ見るをば言ふものかは。逢はで止みにし憂さを思ひ、あだなる契りをかこち、長き夜を独り明し、遠き雲井《くもゐ》を思ひやり、浅茅《あさぢ》が宿に昔を偲《しの》ぶこそ、色好むとは言はめ。

［第百三十七段より］

4章

仁和寺《にんなじ》にある法師、年寄るまで石清水を拝まざりければ、心うく覚えて、ある時思ひ立ちて、たゞひとり、徒歩《かち》より詣でけり。極楽寺・高良《かうら》などを拝みて、かばかりと心得て帰りにけり。

さて、かたへの人にあひて、「年比《としごろ》思ひつること、果し侍《はんべ》りぬ。聞きしにも過ぎて尊くこそおはしけれ。そも、参りたる人ごとに山へ登りしは、何事かありけん、ゆかしかりしかど、神へ参るこそ本意なれと思ひて、山までは見ず」とぞ言ひける。

［第五十二段より］

静かに思へば、万に、過ぎにしかたの恋しさのみぞせんかたなき。

人静まりて後、長き夜のすさびに、何となき具足《ぐそく》とりしたゝめ、残し置かじと思ふ反古《ほうご》など破り棄つる中に、亡き人の手習ひ、絵かきすさびたる、見出でたるこそ、たゞ、その折の心地すれ。このごろある人の文だに、久しくなりて、いかなる折、いつの年なりけんと思ふは、あはれなるぞかし。

［第二十九段より］

世に語り伝ふる事、まことはあいなきにや、多くは皆虚言《そらごと》なり。（中略）とにもかくにも、虚言多き世なり。たゞ、常にある、珍らしからぬ事のまゝに心得たらん、万違《よろづたが》ふべからず。下《しも》ざまの人の物語は、耳驚く事のみあり。よき人は怪しき事を語らず。

［第七十三段より］

何事も、古き世のみぞ慕はしき。今様は、無下《むげ》にいやしくこそなりゆくめれ。かの木の道の匠《たくみ》の造れる、うつくしき器物も、古代の姿こそをかしと見ゆれ。文の詞《ことば》などぞ、昔の反古《ほうご》どもはいみじき。たゞ言ふ言葉も、口をしうこそなりもてゆくなれ。

［第二十二段より］

友とするに悪き者、七つあり。一つには、高く、やんごとなき人。二つには、若き人。三つには、病なく、身強き人。四つには、酒を好む人。五つには、たけく、勇める兵《つはもの》。六つには、虚言する人。七つには、欲深き人。

よき友、三つあり。一つには、物くるゝ友。二つには医師《くすし》。三つには、智恵ある友。

［第百十七段より］

わが身のやんごとなからんにも、まして、数ならざらんにも、子といふものなくてありなん。

前中書王《さきのちゆうしよわう》・九条太政大臣《くでうのおほきおとゞ》・花園左大臣《はなぞののさだいじん》、みな、族絶えん事を願ひ給へり。染殿大臣《そめどののおとゞ》も、「子孫おはせぬぞよく侍《はんべ》る。末のおくれ給へるは、わろき事なり」とぞ、世継《よつぎ》の翁の物語には言へる。

［第六段より］

若き時は、血気内に余り、心物に動きて、情欲多し。身を危《あやぶ》めて、砕《くだ》け易き事、珠《たま》を走らしむるに似たり。美麗《びれい》を好みて宝を費し、これを捨てて苔の袂《たもと》に窶《やつ》れ、勇める心盛りにして、物と争ひ、心に恥ぢ羨み、好む所日々に定まらず、色に耽《ふけ》り、情にめで、行ひを潔くして、百年《ももとせ》の身を誤り、命を失へる例願《ためしねが》はしくして、身の全く、久しからん事をば思はず、好ける方に心ひきて、永き世語りともなる。身を誤つ事は、若き時のしわざなり。

［第百七十二段より］

参考文献　『新訂　徒然草』
西尾実、安良岡康作（校注）　岩波書店
編集協力　中村富美枝
本文ＤＴＰ　オーパスワン・ラボ
本書は、本文庫のために書き下ろされたものです。

清水義範（しみず・よしのり）
一九四七年愛知県生まれ。愛知教育大学卒。一九八一年、『昭和御前試合』で文壇デビュー。一九八八年、『国語入試問題必勝法』により、吉川英治文学新人賞を受賞。奇抜な発想と、ユーモアあふれる斬新な切り口に定評がある。日本文学、世界文学に関する造詣も深く、幅広いジャンルで執筆活動を展開している。
著書に、『永遠のジャック&ベティ』、『大人のための文章教室』（共に講談社）、『早わかり世界の文学』（筑摩書房）、『一日の終わりに50の名作一編』（成美堂出版）など多数がある。

知的生きかた文庫

50代《だい》から上手《じょうず》に生《い》きる人《ひと》　ムダに生《い》きる人《ひと》

著者　清《し》水《みず》義範《よしのり》
発行者　押鐘太陽
発行所　株式会社三笠書房
〒一〇二-〇〇七二　東京都千代田区飯田橋三-三-一
電話〇三-五二二六-五七三四〈営業部〉
〇三-五二二六-五七三一〈編集部〉
http://www.mikasashobo.co.jp
印刷　誠宏印刷
製本　若林製本工場

ISBN978-4-8379-8162-6 C0130

知的生きかた文庫

スマイルズの世界的名著 自助論

S.スマイルズ 著
竹内 均 訳

「天は自ら助くる者を助く」――。刊行以来今日に至るまで、世界数十カ国の人々の向上意欲をかきたて、希望の光明を与え続けてきた名著中の名著！

使う！「論語」

渡邉美樹

「私は『論語』を体に叩き込んで生きてきた」（渡邉美樹）。孔子が教える「自分の夢をかなえる秘策」とは？ 現代だからこそ生きる『論語』活用法。

中国古典「一日一話」

守屋 洋

永い時を生き抜いてきた中国古典。この「人類の英知」が、一つ上級の生き方を教えてくれる――読めば必ず「目からうろこが落ちる」名著。

禅、シンプル生活のすすめ

枡野俊明

求めない、こだわらない、とらわれない――「世界が尊敬する日本人100人」に選出された著者が説く、ラク～に生きる人生のコツ。開いたページに「答え」があります。

道元「禅」の言葉

境野勝悟

見返りを求めない、こだわりを捨てる、流れに身を任せてみる……「禅の教え」が手にとるようにわかる本。あなたの迷いを解決するヒントが詰まっています！

C50188